文春文庫

碁盤斬り

柳田格之進異聞

加藤正人

文藝春秋

碁盤斬り

柳田格之進異聞

一　八兵衛長屋

享保十七年如月。

お絹《きぬ》は、本所石原町《いしわらちょう》の呉服屋から仕立てを頼まれた帰り、反物の風呂敷包みを抱えて吾妻橋《あずまばし》に差しかかった。着ているのは色褪せた小袖だったが、道行く人が振り向くような美人だった。はっきりとした目鼻立ちで、十八歳という娘盛りだった。

吾妻橋の真ん中までやって来て、お絹は欄干《らんかん》に身体を預けた。

お絹はここから眺める景色が好きだった。

大川は今日も穏やかに流れ、何艘かの猪牙《ちょき》舟が川を行き交っていた。

すっかり春めいてきたが、頰を撫《な》でてゆく風はまだ冷たく、微かに潮《しお》の香りを含んでいた。

空には子どもたちの凧が高く舞い上がり、遠くにくっきりと富士が見えた。

その遥か向こうの江州彦根。そこがお絹の故郷だった。

お絹は今日が母、志乃《しの》の月命日であったことを思い出した。

故郷に向かって手を合わせ、目を開けると胸いっぱい息を吸い込んだ。それから もう一度富士を眺めてから吾妻橋を渡った。

吾妻橋を渡って田原町《たわらまち》に入った。さらに進むと、新堀川《しんぼりがわ》に架かる菊屋橋に出た。

その橋を渡って阿部川町《あべかわちょう》に入ると、一気に庶民的な街並になった。

棒手振《ぼてふり》が売り声を上げげながら歩き、その横を「わあッ」という歓声を上げなが ら子どもたちが駆け抜けて行った。

橋を渡って左に曲がり、新堀川沿いの道を進んだ右手に粗末な裏長屋があった。

そこがお絹と父、柳田格之進《やなぎだかくのしん》が暮らす八兵衛《はちべえ》長屋だった。

お絹と格之進は、九尺二間の棟割り長屋で慎ましく暮らしていた。

長屋の木戸をくぐり、どぶ板を踏んで進むと、何やら家の中から声が聞こえて きた。どうやら、大家の八兵衛が訪ねて来ているようであった。

用件は想像がついた。店賃《たなちん》が滞っているのだ。

「柳田様、半年も店賃が溜まっております。ほかの店子の手前もございますので、ここらで一つでも二つでも入れて頂かないと……」

催促の声を聞きながら長屋に入ると、格之進は八兵衛の苦情を聞きながら、印刀で篆刻《てんこく》を彫っている最中だった。

お絹は八兵衛に声をかけた。

「あ、八兵衛さん。いらっしゃい」

お絹の声を聞くと、八兵衛の渋い顔がたちまち綻《ほころ》んだ。

「あ、お絹ちゃん、お帰り」

大家の八兵衛は還暦を少し越えた好々爺で、お絹をことさら可愛がっていた。いつも笑顔を絶やさない八兵衛は長屋の住人たちから父親のように慕われていた。人の良さにつけ込んで、店賃を溜め込んでいる者も多かった。

篆刻を彫っていた格之進が、印刀を置いて八兵衛に向き直った。

「店賃のことは分かりました」

「え、払って頂けるんで……」

「夕刻には必ず」

「そうですか。そいつぁ良かった。お願いしましたよ」

そう言い残して、八兵衛は上機嫌で去って行った。

「いいのですか、安請け合いして」

「心配するな。蓬莱屋《ほうらいや》さんに頼まれた篆刻がもうすぐ仕上がる」

その言葉を聞いてお絹は安心した。

今は浪人暮らしをしているが、格之進は元は江州彦根藩の武士であった。父の格右衛門《かくえもん》が早く亡くなったので、格之進は三十という若さで家督を継いだ。とは言っても、僅か三十石の下士である。禄高は低かったが格之進は文武両道に秀で、殿の覚えめでたい気鋭の武士であった。清廉潔白を旨とし、絶対に曲がったことをしないという堅物。しかし潔癖すぎるために、うまく生きて行く術《すべ》を持ち合わせてなかった。藩を出て浪人暮らしに身をやつすようになったのも潔癖故のことであった。

江戸に出て来てから五年、格之進は四十一歳になっていた。その端正な顔立ちには、気品が表れていた。

お絹は、真っ正直に生きる父が好きだった。たとえどんなに貧しくとも、目先の金よりも人としての道を重んじる格之進が誇らしかった。

格之進は、書や篆刻、囲碁《いご》の稽古などでわずかな金を稼いでいた。しかし、それだけでは暮らしは成り立たなかった。生計を支えているのは、お絹の縫い物の賃仕事だった。二人の稼ぎだけでは、食っていくのが精一杯で、ひと月二朱の店賃を払う余裕などなかった。

彦根で暮らしていた頃に母の志乃に死なれ、それ以来、お絹は父と一緒に江戸に出て貧しい生活を続けて来た。しかし、お絹は今の暮らしに満足していた。

格之進は、再び印刀を手にして篆刻を彫り始めた。

お絹はその横に腰を降ろし、風呂敷包みの反物を広げた。

この長屋に住む者たちは皆貧しかった。酒や博打《ばくち》にだらしなかったり、喧嘩っ早かったり怠け者だったりするが、根は優しい人たちばかりだった。こういう人たちに囲まれて暮らすのは幸せだった。

静かな部屋に、格之進が石を彫る音が低く響いた。

水屋の天窓から細く差し込む陽《ひ》が頬を暖め、お絹は、解《ほぐ》れていくような気持ちで父を見た。

格之進は、真剣な眼差しで一心不乱に石を刻んでいた。手にした印刀が、天窓からの陽を反射してきらりと輝いた。

お絹は、いつまでもこの長屋で、こうして父と二人だけで暮らしてゆきたいと思った。

不忍池《しのばずのいけ》弁天堂の少し南、池之端に蓬萊屋という料理茶屋があった。

上野は寛永寺《かんえいじ》をはじめとして多くの寺がある。蓬萊屋は一般の料理のほかに、精進料理も出してたいそう繁盛していた。主人は亀吉《かめきち》という名だったが、亀は縁起がいいということで客に喜ばれていた。

亀吉は、知り合いの紹介で篆刻を注文したことがきっかけで格之進と知り合った。

お互いに囲碁が好きであることを知ってからは懇意な関係となった。篆刻などというものは、いくつも必要になることはない。そこで亀吉は、店の品書きなどを格之進に頼んだ。品書きの注文は、囲碁を打ってもらうための方便であった。

今回の篆刻は亀吉からの久し振りの注文だった。

格之進は袱紗《ふくさ》に包んだ篆刻を亀吉に渡した。

亀吉は袱紗を広げ、蓬萊屋という試し印が捺《お》された紙をまじまじと眺めた。

「春秋戦国時代の大篆《だいてん》という書体で彫ってみました」

「これはまた、立派な書体でございますな」

「気に入って頂けましたか」

「ええ。気に入らないわけはございません。それでは、代金はこれで」

亀吉は、財布から一両小判を取り出して、格之進の前に置いた。

格之進は驚いた。一両小判を見るのは、浪人暮らしをしてから初めてだった。

「代金は二分というお約束でしたが」

「残りは碁のお稽古料ということにさせて下さいな」

「いえ、それでは約束が……」

格之進は固辞したが、稽古料が要《い》らぬなら、娘のお絹さんに何か土産でも買ってやってくれと、亀吉は無理矢理に小判を押しつけた。

「それでは、ありがたく」

格之進が懐《ふところ》に小判をしまうと、亀吉が慌ただしく碁盤を運んで来た。

「柳田様のお陰で、近頃は碁敵に連戦連勝、とうとう相手に二目《にもく》置かせるまでになりました」

力の差がある者同士が対局する場合は、弱い者があらかじめ黒石を置く。石を置けば置くほど有利になるから、それで強い者ともいい勝負になる。将棋で上手《うわて》が飛車や角を落とすのと同じ理屈だ。

それまで分が悪かった碁敵に黒石を二つ置かせるというのは、はっきり相手より亀吉が強くなったという証《あかし》だった。

力任せに碁を打っていた亀吉だったが、最近は自重することを覚えた。いたずらに力戦に持ち込まず、じっくりと打ち進めるようになっていた。筋が良くなり棋力が上がってきていることは感じていたが、思った以上の上達振りであった。

碁盤に、黒石を五つ置いて、亀吉が格之進に頭を下げた。

「それでは、お願いします」

「腕を上げたようですから、四子《よんし》にしましょう」

「五子でも勝てないのに四子では勝負になりません。そもそも、柳田様に本気を出されたら六子だって七子だって勝てないはず。ここは、絶対に五子。何が何でも五子でお願いします」

亀吉は駄々《だだ》っ子のように、どうしても五子でと譲らず、碁盤に五つの黒石を置いた。

仕方なく格之進は折れ、苦笑しながら碁笥《ごけ》から白石を一つ摘まみ上げ、しなやかな手つきでぴしりと碁盤に打ち付けた。

その日、亀吉とは三番打った。格之進は二番続けて勝ったが最後は亀吉がきわどく二目残した。亀吉はお上手《じょうず》で負けてくれたのではないかと言ったが、そうではなかった。格之進は中盤でかなり苦しくなり、猛追したもののわずかに届かなかったのだ。亀吉は確かに腕を上げていた。

上機嫌の亀吉に見送られて、格之進は蓬萊屋を後にした。

下谷《したや》七軒町《しちけんちょう》から阿部川町に向かう格之進の足取りは軽かった。

篆刻の代金は二分という約束であったので、一分で店賃をふた月分払い、残りの一分をお絹に渡そうと考えていた。だが望外にも一両という金が手に入った。半年分の店賃をすべて払ってもお絹に一分渡してやれる。

懐には一両ある。これを絹に渡したらさぞかしびっくりするだろう……。

お絹の喜ぶ顔を思い浮かべながら八兵衛長屋の木戸を潜ると、井戸端が何やら騒がしかった。

大工の女房のお時《とき》が泣いていて、お絹や左官の留吉《とめきち》など長屋の面々が取り囲んで、わいわい騒いでいた。

「どうしました」

格之進が尋ねると、興奮した留吉が語り始めた。

「秀《ひで》の野郎、たちの悪いやつらに誘われて賭場に行ったっきり戻って来ねえんでさ」

秀は腕のいい大工だが、博打に目がなく何度もしくじりを重ねていた。博打から は金輪際《こんりんざい》足を洗うと約束したばかりだったが、酒の勢いでつい賭場に行ってしまったのだ。

「さっき、賭場から使いの人が来て、秀さんを帰して欲しかったら、お金を持って来いって」

お絹も、秀のことが心配でたまらない様子だった。

「柳田様、お願いです。どうかうちの人を助けてやって下さい」

お時が、格之進の腕を掴んで言った。

「留吉さん。それで、その賭場は」

「山谷《さんや》堀の権蔵《ごんぞう》の賭場です」

格之進は、さっそく賭場に向かうことにした。

留吉に案内されて、格之進は山谷堀にやって来た。

じめじめした路地の奥に掘っ建て小屋が並んでいた。そこには、物乞いや紙くず拾いが暮らしていた。

通りには、いかにも風体がいかがわしい連中がたむろしていた。どこからどう見ても堅気《かたぎ》の人間ではなかった。

男たちの突き刺すような視線を浴びながら奥に進むと、筵《むしろ》掛けの小屋が建っていた。

ここが権蔵の賭場であった。

「ここか」

「へえ。ですが、柳田様、大丈夫ですかい」

「秀さんのことは任せて下さい」

格之進は、平然と筵を捲《まく》って、中に入って行った。

留吉は、びくびくしながら、筵の隙間から中の様子を窺《うかが》った。

格之進が現れると、丁半博打に興じていた者たちの手が止まった。

小屋の奥には、荒縄で縛り上げられた秀が座っていた。

格之進が秀に向かうと、長半纏《はんてん》に雪駄《せった》履きの男が立ちはだかった。身の丈五尺ほどの小男だった。この男が、賭場の元締め、権蔵であった。この辺りを仕切っている侠客の端くれで、即席に催される小さな賭場を仕切るのを生業《なりわい》としていた。

権蔵が、ぎょろりと大きな目で格之進を睨んだ。

「てめえ、何の用でえ」

「秀さんをもらい受けに来ました」

「何だとォ」

奥に控えていた子分が権蔵の横に立ち、懐から匕首《あいくち》を取り出した。小屋の外で見張りをしていた子分も二人、賭場に入って来て格之進の背後に立った。

賭場に緊張が漲《みなぎ》った。何人かの客は、騒ぎに巻き込まれるのを避け、触らぬ神に祟《たた》りなしと、そっと退散した。

三人の子分に囲まれた格之進に向かって、権蔵は余裕の笑みを浮かべた。

「こいつを連れて帰るからには、金は用意できたんだろうな」

「金は持って来た」

その言葉を聞いた権蔵が、拍子抜けしたように笑った。

「なら話が早えや」

「秀さんは一両で引き取る」

「たったの一両だと。こいつの負けは十両だぜ」

「だが、無いものは払えぬ」

「それじゃあ話にならねえ」

「ならば、力ずくで連れて帰るまで」

権蔵は子分たちを見渡した。

「おい、聞いたか。力ずくだとよ」

権蔵が笑うと、子分たちも追従して、小馬鹿にしたように笑った。

威嚇するように権蔵が格之進を睨んだ。

横に立った子分は匕首を抜いた。

だが格之進は、怯える素振りを見せなかった。

権蔵は格之進を睨《ね》め回した。着物は古びた小袖で草履も縁が擦《す》り切れている。

どこからどう見てもその日暮らしの貧乏人だ。

「食い詰め浪人のくせに、意気がるんじゃねえや」

権蔵が格之進に迫った。

残った者たちは賭場の隅に固まって、固唾《かたず》を呑んで成り行きを見守っていた。

「女房が心配して待っているのだ。すぐに秀さんを帰してもらおう」

「ふざけたこと抜かしやがって。ここから無事に帰れると思うなよ」

威圧されても、格之進は微動だにしなかった。

「おい、どうしたい。お腰の物は竹光かい」

権蔵が小馬鹿にして茶色い歯を見せた瞬間、格之進はすっと左足を引いた。腰が沈んだ瞬間、格之進は脇差しの柄《つか》を摑んでいた。

一閃、二閃、刃が光った。目にもとまらぬ早業《はやわざ》だった。居合わせた者たちが気がつくと、既に刀は静かに鞘《さや》に収まっていた。

筵を捲って覗いていた留吉は、何が起こったのか分からず、きょとんとしていた。

秀を縛っていた荒縄が、はらりと床に落ちた。格之進の刀で斬られたのだ。

「秀さん、帰りましょう」

縄を解かれた秀が、立ち上がって格之進の後ろに立った。

「てめえ、ふざけやがって」

そう言いながら権蔵が格之進の胸倉に手を伸ばそうとした。

その瞬間、何かがぽとりと床に落ちた。それは、権蔵の髷《まげ》だった。

権蔵は、髷が消えた頭を両手で押さえ、その場にへたり込んだ。

何かを言おうとするが、口をぱくぱくさせるだけで言葉にならなかった。

子分は匕首を構えているが、握りしめた指の関節は白く、刃先が細かく震えていた。

背後に立つ二人の子分たちも、へっぴり腰を引いたまま動けなかった。

筵の陰から一部始終を覗いていた留吉が、目を丸くしていた。

「これで恨みっこなしだ」

格之進は、へたり込む権蔵に向かって一両小判を放り投げた。

腰を抜かした権蔵の前で、投げられた小判がくるくると回った。小判がぱたりと倒れると、賭場にはもう格之進と秀の姿はなかった。


お絹は長屋の連中と一緒に、秀の身を心配するお時を囲んでいた。

「大丈夫です。秀さんは、間違いなく父上が連れて来てくれますよ」

突然、三味線《しゃみせん》の師匠のお鈴《すず》が立ち上がった。

「来たよーッ」

長屋の木戸を入って、留吉を先頭に、格之進と秀がやって来た。留吉は、まるで自分が手柄を立てたように意気揚々と歩いていた。

お時が、秀に駆け寄った。

「足を洗うって約束したのに、どうして博打に手を出すんだい。あんたって人は……」

「すまねえ。勘弁してくれ」

「大馬鹿者だよ、あんたは」

お時は秀の頭をぽかりとやると、その身体にしがみついて泣き始めた。

一件落着し、格之進は、お絹と一緒に自分の家に入った。

留吉は長屋の連中に、さっき見た一部始終を、身振り手振りで語り始めた。

皆が身を乗り出して留吉の話に耳を傾け、感嘆のため息を洩らした。

「目にもとまらぬ早業ってやつよ。いつも威張り腐ってるあの権蔵が、腰抜かしやがってな」

留吉は権蔵の真似をして、大げさに口をぱくぱくさせた。

「こうやって、声も出せねえんだ。まるで池の鯉《こい》よ。俺ァ、胸がスーッとしたぜ」

留吉は、自慢げに胸を張った。

格之進は、殊勝にお絹に頭を下げた。

「すまん。篆刻の代金は、賭場で使ってしまった」

「もしや、父上は賭け事をしたのですか」

「賭け事など、一度たりともしたことはない」

「そうですか。賭け事でお金を失《な》くしてしまったのなら私は許しません。でも、秀さんのために使ったのなら、それは仕方のないことです」

「そのようなわけで、約束の店賃は払えなくなってしまった」

お絹は、しょうがないというように溜息をついた。

「柳田様、いらっしゃいますか」

そう言いながら、腰高障子を開けて八兵衛が現れた。今日こそ店賃をもらえると嬉々としていた。しかし、格之進とお絹の様子を見て首を傾《かし》げた。

どうも様子がおかしい……。何かあったのかと尋ねようとしたが、それより早くお絹が畳に手をついて八兵衛に頭を下げた。

「申し訳ありません。店賃は払えなくなってしまいました」

「そりゃあ、またどうして」

「うっかり預かった反物に染みをつけてしまったのです。それで、父上の篆刻の代金をそちらにお支払いして弁償したのです」

突然、言い訳のための芝居を始めたお絹に、格之進は驚いた。しかし、どうしていいか分からず、とりあえずお絹の横で神妙に座っていることにした。

「そりゃ、大変だったね」

「お約束を反故《ほご》にして、何とお詫びを申し上げてよいやら」

お絹は、畳に額《ひたい》を擦りつけるように、さらに深く頭を下げた。

「分かった、分かった。お絹ちゃん、もういいから、さ、頭を上げて」

お絹は八兵衛を見上げた。つぶらな瞳からは、今にも涙が溢《あふ》れそうだ。

「私がしっかりしていれば大家さんにも店賃をきちんと払えていたのに……」

「お絹ちゃん、事情はよおく分かった。店賃のことなんか気にしなくていいんだよ。心配することはないんだからね」

八兵衛は、お絹をなだめて表に出て行った。

その途端、お絹がけろりとした顔に戻った。

「助かった」

格之進が笑った。

「大家さんのことは私に任せておけば大丈夫」

今まで何度も店賃が滞ったことがあったが、その度にお絹は泣き真似をして返済を延ばした。お絹が可愛くて仕方がない大家は、今にも泣き出しそうな顔をする度に、うろたえながら頼みを聞き入れてくれた。

「これで、またしばらくは、蒸《ふ》かし芋で辛抱だな」

格之進は肩を落として言った。店賃はどうにか日延べしてもらえたが、米を買う金もなく、当面はひもじく暮らさなければならなかった。

二　味噌田楽

店先で立ったまま客に飲ませるような酒屋が現れたが、近頃は、簡単な肴《さかな》を供するようになった。また、煮売り屋も酒を売り始めた。煮豆や煮魚、煮染めなどを買い求めた客は、店先で酒が飲めるようになった。

酒屋にも煮売り屋にも、酒飲みが押しかけるようになった。物を売るよりも酒を飲ませたほうが儲かるので、そちらに力を入れて商《あきな》いをするようになった。朝から酒を飲ませるような店も増えて、江戸は飲んべえの町になった。

格之進は酒が好きで、三日に一度、酒屋に行くのを楽しみにしていた。

行きつけは、田原町の表通りにある上総《かずさ》屋という酒屋だった。店先には菰樽《こもだる》が積み上げられていた。酒の量《はか》り売りをしていたが、土間で立ったまま酒を飲む、いわゆる居酒をさせていた。樽で仕入れた酒をかなり安く飲ませるので、店はたいそう繁盛していた。

酒は美味くなった。

二年前、酒を専門に運ぶ樽廻船が始まった。船足が速く、池田《いけだ》や伊丹《いたみ》といった上方から江戸に早く着くようになって、いい状態の酒が飲めるようになった。上方から運ばれて来た酒は、下り酒といってたいへんな人気があった。

その昔、初めての江戸詰で下り酒を飲んで、格之進はその味に驚いた。上方で飲むよりも美味いような気がした。江戸まで船に揺られて運ばれるから味が丸くなり、樽の香りが染みこんでいい味になっていた。

上総屋でも上等な下り酒を出していた。よそよりずっと安く飲めるので、酒の好きな者たちが押し寄せていた。町人や商人だけでなく、頭巾を被《かぶ》った武士の姿もあった。

その日、格之進が店に入ると、店の奉公人が笑顔で迎えた。

「先生、いつものお決まりでございますね」

奉公人は、ちろりに酒を入れて燗《かん》をつけた。

格之進は、一日、きっちり二合半の酒を飲んだ。

高価な下り酒にはとても手が出なかった。かといって安い中汲みや、一番安い一合四文のどぶろくでは物足りず、江戸近郊の酒蔵で造られた一合十二文の地回りと決めていた。地回りというのは、近郷の蔵で造られた酒だった。いくつもの蔵の酒だから、味はまちまちだった。甘ったるかったり、麴臭《こうじ》かったりした。出来の悪い酒は頭が痛くなった。それでも、いい酒に当たるとなかなかの味であった。

そういう酒に巡り会っても、格之進は、二合半以上の酒を飲むことはなかった。それが決まりだった。

居酒の楽しみは、自分と同じ酒好きと一緒に、相撲《すもう》や芝居の話をしながら酔うことであった。新しくできた酒屋や煮売り茶屋の評判が話題になることも多かった。

だが、格之進は、そういう話には加わらず、いつも一人で静かに飲んだ。

肴は豆腐の味噌田楽《みそでんがく》一品だけと決めていた。上総屋では、自分の店で豆腐を作っていた。それを十二に切って竹串を刺し、店の片隅で焼いて赤味噌を塗って出した。大ぶりの豆腐の味噌田楽がたった四文。儲けはなかったが、この味噌田楽が目当てで、客が大勢詰めかけていた。

やがて、酒のちろりと猪口《ちょこ》が、味噌田楽と一緒に運ばれて来た。

格之進は、酌《つ》いだ酒を大切に口に運んだ。

酒が入ると人は酔って気が大きくなる。酒に喧嘩はつきものだ。この店でも、毎日のように喧嘩が起きた。町人同士の喧嘩ならどうということもないが、たちの悪い連中が金を強請《ゆす》りに来ると厄介なことになった。中には、つまらぬ品物を法外な値で押し売りする者もいた。金を断ると、大暴れして店を滅茶苦茶に壊されるので、酒屋にとって強請りは悩みの種であった。

その日、格之進がこの店で飲んでいると一悶着《ひともんちゃく》起きた。

無頼漢が金を強請りにやって来たのだ。三人組だった。彫り物をちらつかせながら威勢良く喚《わめ》き散らしたが、まだ駆け出しらしく貫目《かんめ》が足りなかった。

居合わせた留吉と秀が、格之進に助けを求めにやって来た。

格之進は、留吉と秀に袖を引かれて無頼漢たちの前に進んだ。

「とうしろうは、引っ込んでな」

格之進に凄《すご》んでみせる無頼漢たちに留吉が言った。

「そんなことで引っ込むようなお方じゃねえや」

今度は、無頼漢が留吉に向かった。

「誰だ、てめえは」

「俺のことなんざ、どうでもいいや。だがな、権蔵の髷を切り落としたのがここにいる柳田様だと、てめえらは知っているのかい」

「え、山谷堀の権蔵の賭場のお侍というのは、こちらのお方で……」

「あたぼうよ」

と、留吉が見得《みえ》を切った。

途端に無頼漢たちは青ざめて背を丸めた。

どうやら、賭場の一件は、その筋の者たちの間に広く伝わっているらしかった。

無頼漢たちは、格之進に下卑《げび》た笑みを浮かべ、尻尾を巻いて退散した。

「へっ、おととい来やがれ」

と叫んで、留吉は美味そうに酒を呷《あお》った。

「先生もどうですかい、一杯……」

近くで飲んでいた棟梁《とうりよう》が声をかけた。棟上げの流れで、数名の大工を従えて景気よく下り酒をやっていた。

格之進は、酒を勧められても受けなかった。一日二合半という決まりを破《やぶ》ることはなかった。

「何もそんなに堅苦しく構えなくたっていいじゃございませんか」

棟梁がちろりを向けた。

「ありがとうございます。が、今日はちょっと急いでおりますので」

そう言って格之進は、残った酒を飲み干して、留吉と秀を置いて上総屋を出た。

その日から、格之進は、この店で「先生」と呼ばれるようになった。

強請《ゆすり》や押し売りのみならず、客同士の喧嘩での仲裁を頼まれたり、飲み逃げしようとする客がいると「先生、先生」と声をかけられた。

三　半蔵松葉

ほろ酔いで家に戻ると、お絹が水屋に立っていた。

お絹は格之進に、笊《ざる》に載った立派な鯛《たい》を掲げ、白い歯を見せた。

「半蔵松葉《はんぞうまつば》のお庚《こう》さんの使いの方が届けてくれました。それにお米もたっぷり」

「お庚さんが……」

お庚は、吉原の妓楼、半蔵松葉の大女将《おかみ》だった。大女将を先代から引き継いでまだ二年、格之進と同じ四十一歳だったが、やり手で店は繁盛していた。評判の美貌であったから、吉原でお庚を知らぬ者はなかった。

池之端の蓬萊屋で催された碁会で一緒になったのがきっかけで、格之進は月に二度ほど、半蔵松葉に囲碁の稽古に出かけていた。

「お庚さんが、わざわざ使いの人に米と魚を届けさせてくれたのか」

「はい。仕立物を届けさせるついでに、使いの方に言いつけたのだそうです」

お庚は日頃から何かとお絹を気にかけてくれていた。浅草に用事で出るようなことがあれば、この裏長屋にもちょくちょく顔を出した。やって来る時は、お絹の好きな和菓子や水菓子を持って来てくれた。格之進は、お庚の気遣いが有り難かった。

「そうそう。明日はお稽古の日ですから、忘れないで下さいと言っておりました」

そう言って、お絹は、水屋で米を研《と》ぎ始めた。

翌日、格之進は、昼の九つに家を出た。

吉原に行く客は船を利用することが多かった。柳橋から猪牙舟に乗り、浅草寺を左手に眺めながら大川を遡上し、今戸橋をくぐって山谷堀に入った。船を降りてからは、土手八丁を吉原まで歩いた。堅物の格之進は吉原に上がるようなことはなかったので、そんな贅沢とは無縁だった。

格之進は、半蔵松葉に出かける時はいつも歩いた。浅草寺を抜けて、その先の田圃《たんぼ》道を進み、土手通りに突き当たってから左に折れた。日本堤に出て歩いて行くと見返り柳が見えた。そこが衣紋坂《えもんざか》だった。その辻を左に入ってくの字に蛇行する坂を下って行くとそこに吉原大門があった。

門を潜ると、そこは別世界だった。大門から真っ直《す》ぐ伸びる仲の町の中央に植えられた桜は蕾《つぼみ》を膨らませ、もうすぐ咲き始めようとしていた。

まだ昼を少し過ぎたばかりだというのに、何人もの男たちが、引き手茶屋に入って行った。昼見世の客だ。客を引く遣《や》り手や妓夫太郎《ぎゆうたろう》に声をかけられて、うきうきと妓楼に向かう男の姿もあった。向こうを歩く優男《やさおとこ》は上等な身なりで幇間《たいこもち》を従えているから、おそらくどこかの大店の放蕩息子だろう。

田舎者丸出しで垢抜けない顔立ちの一団も仲の町を歩いていた。旅支度をしているから、地方から江戸見物にやって来た一行だろう。こちらは、吉原の遊女を見たという土産話をしたいためだけの、ただの素見《ひやかし》の客だ。妓楼で遊女を拝んだのだろう。さっき見たばかりの遊女の話をしながら、はしゃいで歩いている。

夜にはとても敵《かな》わないが、吉原の昼見世もなかなかの繁盛ぶりだ。桜が咲けば昼見世でも花魁《おいらん》道中をするというから、数日先は大変な賑わいになるだろう。

格之進は仲の町を進んで二つ目の小路を左に折れ、江戸町二丁目という通りに入った。そこに立派な妓楼があった。それが半蔵松葉だった。

建物の前に来ると、下男が格之進を出迎えた。

「柳田様、大女将がお待ちかねです。さ、どうぞこちらに」

下男に案内されて格之進は建物に入った。

奥座敷に案内されると、半蔵松葉の大女将のお庚は、長火鉢の横に置いた碁盤の石を睨《にら》みつけていた。

「柳田様がお見えになりました」

下男が声をかけると、お庚が格之進を見て微笑《ほほえ》んだ。

「先生、遅いじゃありませんか」

お庚はそう言って、再び碁盤に置かれた石を眺めた。それは、以前碁の稽古に来た際に出しておいた詰め碁の問題だった。

碁盤にはたてよこ十九本ずつの線が引かれてある。囲碁は、線が交差する点に、互いに黒と白の石を置いてゆき、それぞれの陣地の広さを競う勝負だ。交差する点を一目《いちもく》として計算し、どちらが多く目数を確保しているかで勝敗が決する。

広さを競うというが、そればかりではない。石が相手の石に囲まれてしまえば、その石は死んでしまう。死んだ石は取り上げられ、その石は一個一目として相手の目数に加算される。

交点を石で囲った部分のことを「眼《め》」と言い、石が活きるには、二つ以上の眼を確保しなければならない。眼が二つできなければ死んでしまうことになる。一か所だけでは、最後にそこに打たれて石を取り上げられてしまうからだ。活きるためには眼を二つ作ればいいし、殺すためには眼を一つだけにしてしまえばいいのである。だが、これがなかなか難しい。手順の妙によって、死にそうな石が活きたり、逆に安泰だと思われていた石がたちまち頓死してしまったりするからだ。そういう手筋を覚えるために、詰め碁を勉強する必要があった。

格之進がお庚に出題した詰め碁は、黒先白死、すなわち黒から打ち始めて白の石を仕留めるという問題だった。お庚は、まだその詰め碁と格闘していた。

「ゆうべ寝ないで考えました。打てるところは全部打ってみたんです。絶対に殺せっこありませんよ。どうやったって活きてますよ」

お庚は、ちょっと口を尖《とが》らせて言った。

格之進は穏やかな笑みを浮かべて、

「ならば、活きてもらいましょうか」

と言って黒石をつまみ上げた。

お庚は、白石を持ち、自信満々で石を置いていった。

格之進は、平然と黒石を置いた。しかしそこに置いても、あと一手で取られてしまう形だ。

「そんなところに打ったって、取られちまうだけじゃありませんか。いいのですか」

「どうぞ」

「それじゃあ、遠慮なく」

お庚は、白石を置いて死んだ黒石を取り除き、それを手のひらに包んで、無邪気な笑顔を見せた。

「それでは」

格之進は、平然と黒石を手にした。

数目の黒石を取ってもう終わったと思い込んでいたお庚は、まだ打つのかというように、怪訝《けげん》そうに碁盤に目を落とした。

格之進は、死んだ石が抜かれた空間に黒石を置いた。

その形を見て、お庚は仰天した。

格之進が打った黒石によって、数個の白石が逆に取られる形になっていた。これで白の一団は死んでしまっていた。

「えッ。取ったつもりが、逆にこっちの石が取られちまうって仕掛けになってたんですか」

「石の下です」

「まさか、こんな手があったなんて」

「石を取らせて、逆に相手の石を取るという手筋です。実戦でこの形になることはまずありませんが、覚えておいて損はありません」

「そうですか、これが石の下ってやつですか。畏《おそ》れ入りました。奥深いもんですね、囲碁ってもんは」

感心してお庚が碁盤を眺めていると、「失礼します」と言いながら、下男が重箱を載せたお膳を持って入って来た。

「柳田様、お昼を食べてって下さいな」

お庚は格之進のために鰻《うなぎ》を用意してくれていた。

碁盤を片付けたお庚は、遠慮する格之進を強引に座らせて一緒に食事を始めた。

話は自然にお絹のことになった。

格之進の一番の心配事はお絹だった。今の暮らしをこのまま続けていれば、行かず後家になってしまう。そろそろいい相手でも見つけて一緒になってもらいたいが、はてどうしたら良いものかと思案していた。

「絹には、読み書き算盤《そろばん》は一通り教えてあります」

「お料理や裁縫《さいほう》だって人並み以上、それに明るいし良く気がつくから、きっといいお嫁さんになりますよ」

「どこかにいいもらい手でもありませんか」

「相手なんて、いくらだっていますよ」

「それじゃあ、お庚さんから話を向けて下さい。それがしが言ったところで、まともに相手にしてはもらえませんから」

「お安い御用です。私が必ず見つけて差し上げます」

お庚は、こんなところに通い詰めるような放蕩息子ではなく、立派な家の間違いのない若者を見つけますよと意気込んだ。

「お願いしてもよろしいでしょうか」

「ようございます」

「ですが……」

と言って、格之進が顔を伏せた。

「どうしたのです」

「こういう暮らしをしておりますので、嫁に出すための支度金は用意できそうにありません」

「そんなことなら心配はありませんよ。お絹ちゃんほどの器量良しなら、向こうから大金を積んでもらいに来ますよ」

「だといいのですが」

「そうに決まってますよ。すべては私に任せて下さいな」

お庚は、任せてくれと、自分の胸を叩いた。

「柳田様、前祝いに、一本つけましょうか」

「まだお昼です」

「いいじゃありませんか」

「明るいうちから飲んで帰ったら絹に叱られます」

「だったら、夜までゆっくりしてって下さいな」

お庚は品を作り、婀娜《あだ》っぽい目で格之進を見た。それこそ絹にこっぴどく叱られます」
「とんでもない。暗くなるまで吉原にいたら、それこそ絹にこっぴどく叱られま
す」

お庚が碁の稽古をつけてもらったりお絹を気にかけているのは、格之進に対して密かに思いを寄せているからだ。最初は同い年ということで格之進に親しみを覚えた。碁を打つようになるとその強さに驚き、言葉を交わすようになって気品を感じた。端正なたたずまいに心を奪われるまでそれほど時間はかからなかった。

大女将をしているが、未だに何人もの旦那衆から言い寄られることもあった。まだ女としての妖艶さを失っていないという自負もあった。

だが、格之進にだけは、女が通用しなかった。何度か気を引くような態度をとってみたが、まったく反応はなかった。色恋というものにまるで興味がないようであった。

そういうことがあって、お庚はますます格之進に心を引かれるようになった。

格之進に出会うまで、吉原で暮らして来たお庚は、こういう男を知らなかった。驚きが好奇心になり、それがいつしか好意に変わった。

格之進は妻を持っていたというが、いったいどのような夫婦であったのだろう

かと、お庚は思いを巡らせた。妻を亡くしてからもこのように堅物であり続けるということは、よほど慕っていたに違いない。そういう格之進だからこそ、娘のお絹との間もうまくいっているのだろう。

そんなお庚の気持ちをよそに、格之進は、嬉しそうに鰻を口に運んだ。

「こんな上等な鰻は久し振りです。たれは甘過ぎずすっきりしていて、焼きもしっかりしている。それに米もいいものを使っています。本当に美味い」

格之進は、鰻を食べるのに夢中だ。

お庚は無邪気に鰻を頬張る格之進を眺めて、本当に鈍《どん》な人だと苦笑した。

半蔵松葉の帰り、格之進は浅草寺の門前の櫛《くし》屋を覗いた。お庚から、お絹ちゃんに何か土産でも買ってやってくれと、一分金を包んで渡されていたのだ。

一本の櫛が格之進の目にとまった。黒い漆《うるし》に金粉で網模様が描かれた上品な櫛であった。妻の志乃は、よくこういう櫛を差していた。お絹は育つにつれて、年々志乃に似てきた。きっとこういう櫛が似合うだろうと思った。

「京の流行です。奥様にお一ついかがでございましょう」

店の者が格之進に声をかけた。

値段を聞いてみると一分二朱だった。お庚からもらった一分と手持ちの金を合わせてもとても足りなかった。

格之進は、その櫛を諦めて店を出た。

四　賭け碁

櫛屋を出ると、ぽつりと雨粒が落ちて来た。

恨めしそうに空を見上げると、いつの間にか黒々とした雨雲が垂れ込めていた。ぽつりぽつりと降り始めた雨はたちまち激しくなった。

格之進は雨を避けるために、雷門を出た斜向かいの材木町にある碁会所に飛び込んだ。

碁会所に入った格之進は、手ぬぐいで着物の雨を払った。

十面ほどの盤を並べた座敷で、数人の客が碁を打っていた。

相手がいない者は、書棚の詰め碁集や名人の棋譜の冊子を手にして、一人で盤面に石を並べたりしていた。

「先生。お久し振りです」

席亭がやって来て声をかけた。ここで何度も碁を打ったことがあるので、席亭とは顔なじみだった。

「降られてしまったようですな」

「すまぬが、雨宿りさせてもらいたい」

「どうぞ、ごゆっくり」

座敷に腰を降ろした格之進の耳に、対局者の声が聞こえてきた。

「下手な考え休むに似たり。いくら念仏を唱えたところで、死んだものが生き返るわけでもなし」

格之進は声の方向を見た。座敷の奥で、恰幅《かっぷく》のいい商人風の男が僧侶と対局していた。粋な博多帯を締め、上等な羽織を着ているところを見ると、どこかの大店の主人のようだ。

相手を小馬鹿にした言動が僧侶の癇に障っていた。形勢を損じている僧侶は、茹蛸《ゆでだこ》のように顔を真っ赤にして石を打った。

席亭が格之進の耳元で囁いた。

「初会の客ですが、これがなかなかの打ち手でして、うちの腕自慢が次々にひねられました」

僧侶の苦戦が続いていたが、とうとう大きな石の一団が死んで勝負の決着がついた。

「往生際の悪い石でしたが、とうとうご臨終ですな。南無阿弥陀仏、南無阿弥陀仏、南無阿弥陀仏……」

男は揶揄《からか》うように両手で拝んでから、死んだ石を取り除いた。

僧侶は、懐から紙入れを出して、口惜しそうに盤上に金を放り投げた。

「仏に仕える身で、賭け碁なんぞに手を染めてはいけませんな」

席を立った僧侶は、鬼瓦のような顔で男を睨みつけると、乱暴な足取りで碁会所を出て行った。

男が格之進に気づいて声をかけた。

「いかがです、一局」

「先生は、賭け碁はお打ちにならないんです」

席亭がそう言うと、男は値踏みするように格之進を眺めた。

「確かに、お金には縁のなさそうなご様子」

その言葉が格之進の心にチクリと突き刺さった。囲碁ならこの碁会所一番の打ちもであるから自信がある。だが、金を持っていないから男と碁が打てない。それが癪《しゃく》でならなかった。

「それがしで良ければお相手になりましょう」

思ってもみなかった言葉が思わず口をついて出た。

「先生が、賭け碁をお打ちになるんですか」

席亭は驚いて格之進を見た。

「といっても、一分しか持ち合わせてはおりませんが」

「ま、よろしいでしょう」

さっそく、男の先番で対局が始まった。

男は思っていたよりも遥かに強かった。

碁会所の客が周りに集まって勝負の行方を見守った。この中の何人かは、この男に賭け碁で金を巻き上げられたようだ。何とか仇《かたき》を討ってくれというような目で格之進を見ている。

ほとんど互角の打ち手であったと思われたが、中盤に差しかかって格之進が優勢になった。格之進の脳裏に、小間物屋で見た漆の櫛が浮かんだ。懐の一分が二分になれば、お絹にあの櫛を買ってやれる。

格之進は、勝ちを意識しながら見落としのないよう慎重に打ち進めた。

だが相手は、自信満々で打ち進めてきた。どうやら中央の石の生死が危ういということに気がついていないようだ。

手を抜いて自分の陣地を広げにきたので、格之進は中央の石を攻めることにした。

中央の石に迫る一手を見て男が笑った。

「その石を殺そうったって無駄なこと。とっくに読み切っております」

男は、自信満々で石を打った。

格之進は、相手の石の一団にぺたりと付けた。

不思議な手だった。

その手を見た男の顔が、みるみる紅潮した。

格之進の放った一手は、大石の命脈を断つ絶妙手であった。

その一手で、男の手が止まった。

「何だい、あの手は」

「おい。あの石は死んだのかい」

「確かに眼はねえが、死ぬような石じゃねえ」

「でも、簡単には活きねえぜ」

「だよな。どうなってるんだか、さっぱり分からねえ」

見物していた客がざわめいた。

男の大石を葬って勝負は終わった。だが、相手はまだ勝負を諦めなかった。

今度は、格之進の大石を攻めてきた。男は、やけっぱちで無理筋の手を盤面に叩きつけた。

「活きれるもんなら、活きてもらいましょうか」

と、虚勢を張って啖呵を切った。

だが、格之進の大石は立派な形をしているので眼を作るのは容易《たやす》く、どうやっても殺せるはずはなかった。

相手は、無理筋を承知で、高飛車なことを言いながら乱暴に石を打った。

格之進は、こんな粗野な男と碁を打っている自分が嫌になった。

囲碁は勝ち負けを競う。勝つために手を探し、あらゆる技を使う。だが、勝ちさえすればいいというものではない。勝負より大切なものが求められる。それは品格だ。

あと十数手打ち進めれば、格之進の大石がはっきり活きていることが明らかになり終局となる。というか、既に碁は終わっている。碁が終われば、男はきっと、あれこれ悪態をついて、勝ち逃げは許さない、もう一番打ちましょうと絡んでくるだろう。

そういうことが予想されて、格之進は意欲を失った。また、お絹があれほど嫌っていた賭け事をしている自分にも嫌気が差した。一分の金を二分にしようという邪《よこしま》な考えを持ったことを恥じた。

格之進は、手にした石を碁笥に戻して頭を下げた。

「これまでです」

男は勝っている格之進の投了が理解できずきょとんとしていた。

「畜生、先生のあの大石は死んでたのか」

「俺ァ、てっきり活きてるもんだとばかり思ってたがなァ」

席亭と客は格之進がわざと投了したとも知らず、口惜しそうに溜息をついた。

格之進は、碁盤に一分金を置いて腰を上げ、席亭に頭を下げて表に出て行った。

男は、戸口まで行き、通りを去って行く格之進を不思議そうな目で見送った。

格之進が対局した男は、浅草馬道で質両替商を営んでいる萬屋源兵衛《よろずやげんべえ》であった。

源兵衛は一代で萬屋を大きな店にした。商いには厳しく、質草はかなり低い値をつけていたので、利息を取るよりも流れた品を売り払って得る利のほうが大きかった。

そんな源兵衛を蔑《さげす》み、町の者たちは、鬼のけち兵衛という渾名《あだな》で呼んでいた。

店に戻ってからも、源兵衛は、対局のことが頭から離れなかった。

どうしてあの浪人は、勝っている碁を投了したのだろう……。

いくら考えてもわけが分からず、源兵衛はいらいらした。

そこに、手代の弥吉《やきち》が帳面が合わないと言いに来た。

「お金の一文は血の一滴ですよ。きちんと帳面が合うまで、何度でも算盤をやり直しなさい」

源兵衛は、弥吉にきつく意見した。廊下では、拭き掃除をしている奉公人の利《り》七《しち》と庭の手入れをしている乙松《おとまつ》にも当たり散らした。

「利七、もっとテキパキやれないものかねえ」

源兵衛は、棚の上を手で撫でてみた。

「棚の上にこんなに埃《ほこり》が溜まっているじゃありませんか。掃除もまともにできないようじゃ、給金は出せませんよ」

利七は、あわてて拭き掃除の手を速めた。

「乙松、植木にちゃんと水をやってくれたろうね。大切な植木ですよ。水は毎日きちんとやる。同じことを何遍も言わせるんじゃありません」

乙松がしまったという顔で、植木に水をやった。

源兵衛は不機嫌そうに奥の座敷に向かった。

弥吉は番頭の徳次郎《とくじろう》に尋ねた。

「今日の旦那様はずいぶんご機嫌斜めのようですが、何かあったのでしょうか」

「碁を打ちに行ったはずだが、きっと、好きな碁でこてんぱんにやられて虫の居所が悪いのだろう」

弥吉は、徳次郎の言葉に納得した。

五　景勝団子

お絹は長屋の井戸端で腹立たしげに洗濯をしていた。

昨日帰宅した格之進は、馬鹿正直に賭け碁で一分を失ってしまったことを告白して頭を下げた。

お絹に叱られた格之進は、買ってやりたい漆の櫛があってつい賭け碁に手を出してしまったのだと言い訳めいたことを言った。

それを聞いて、お絹はさらに腹が立った。半年も店賃が溜まっているのに、それほど高価な櫛を買おうという気持ちが分からなかった。こちらは毎日の暮らしに腐心しているというのに、男というのはどうしてこんなにも気楽なのだろう……。

格之進は二度と賭け事はしないと約束し、今日は朝早くから書と篆刻の注文を取りに得意先を回りに出かけていた。

そこに、お庚が現れた。

「あ、お庚さん。仕立て物はできあがっております」

お庚は手にした紙包みを掲げて見せた。

「お絹ちゃんの好物の景勝団子《かげかつだんご》」

むしゃくしゃしていたお絹だったが、団子の包みを見るとたちまち笑顔になった。

「ここへ来る途中で、団子売りと出くわしたんだよ」

景勝団子は、上杉《うえすぎ》景勝の鉾先に形が似ているところから名付けられた団子だと言われていた。葛粉《くずこ》と糯米《もちごめ》の粉を混ぜたものを蒸して砂糖と黄粉《きなこ》を掛けた物でお絹の大好物だった。

お絹は、さっそく長屋に入り、お庚に茶を出すために湯を沸かした。

座敷に上がったお庚は、お絹が仕立てた着物を確かめた。

「お絹ちゃんの仕事は、一針一針、心が籠《こ》もっているねェ」

「でも、仕事が遅くて」

「雑にちゃっちゃと縫われるよりはマシさ。仕事は丁寧が一番」

そう言ってお庚は、仕上がった着物を風呂敷に包み、金の包みをお絹の前に置いた。

「いつも、ありがとうございます」

「こちらこそ、大助かりだよ。さ、どうぞ」

と、お庚が景勝団子を勧めた。

お絹は、お庚に茶を出すと、さっそく一本口に運んだ。

「美味しい」

お庚は、格之進に頼まれていたお絹の縁談話を切り出すことにした。

「お絹ちゃん、そろそろ所帯を持ったらどうだい」

「私が、ですか」

「亀戸《かめいど》天神の近くに、手広く荒物屋をやってる家があってね。その家が、嫁を探しているんだよ。大繁盛している店の総領息子だから、食うには困らないよ。それに、なかなかの二枚目なんだ。どうだろうねェ」

「私は、まだ嫁ぐつもりはありません」

「どうしてだい。もうすっかり年頃じゃないか」

「父上を放っとけません。一人じゃ、お湯だって沸かせないんですよ」

「だからって、いつまでも独り身でいるわけにもいかないじゃないか」

「いいんです、今のままで」

「それじゃあ、どうだろう。柳田様に後添《のちぞ》えを見つけるっていうのは」

「そんな人、見つかるもんですか」

「その気になれば、いくらだって見つかりますよ。何たって、あれだけの男振りなんだから」

「でも、父上は後添えをもらうつもりなどありませんよ」

「そうかねェ」

「そうです。それに、父上をその気にさせるようないい人なんて、そんなに簡単に見つかりませんよ」

「そんなことはないよ」

「ま、お庚さんみたいないい人なら、私も安心して父上を任せられますけど」

お庚は、どきりとした。

「馬鹿なこと言うもんじゃないよ。私みたいな郭《くるわ》の女将を、柳田様が相手にするもんかい」

お庚は動揺を隠してお茶に口をつけた。

「いいお茶っ葉を使ってるねえ」

団子を食べていたお絹が、口元を押さえて笑った。

「どうしたんだい」

「美味しいはずですよ。だってこのお茶は、お庚さんから頂いたものなんですから」

そう言って、お絹は、笑いながら団子を食べ終えた。

「お庚さん、もう一つ頂戴してもよろしいでしょうか」

「一本でも二本でも好きなだけお食べよ。これは全部お絹ちゃんに買って来た物なんだから」

「それじゃあ、遠慮なく」

お絹は、二本目の景勝団子に手を伸ばした。

「お絹ちゃん、それじゃあ、亀戸の荒物屋の話はなかったことにしていいんだね」

「はい。そうして下さい」

お絹は、団子を頬張りながら答えた。まだ色気より食い気、男にはまったく関心がないようだった。

父が父なら娘も娘。まったく良く似た親娘だと、お庚は苦笑した。

六　井戸茶碗

春が過ぎて夏になった。

格之進は、浅草寺にお参りをして仕事の注文が来ることを願った。

最近は、さっぱり注文がなかった。毎日のように印判屋《いんばん》を回ったが、注文はもらえなかった。篆刻の注文は滅多に入るものではなく、通常の印鑑は店で抱えている彫り師で間に合うから格之進の出る幕はなかった。

蓬萊屋の亀吉や、何軒かの知り合いを訪ねてみたが、書の注文はもらえなかった。

格之進は、馬道の先にある経師屋《きょうじや》の主人に以前注文を受けたことがあったことを思い出して、そちらを回ってみることにした。


馬道を歩く格之進は、質屋の前に人だかりがあるのに気づいた。軒先には、山に萬の立派な看板がかかっていた。そこは、萬屋という質両替商であった。

暖簾《のれん》口まで行くと、中から怒鳴《どな》り声が聞こえてきた。

「拙者を愚弄する気か」

その怒声を聞きながら、何事だろうと格之進は暖簾をくぐった。

店の中では、派手な着物を着た二本差しの旗本が、割れた井戸茶碗を手に激昂していた。その向かいでは主人の源兵衛と手代の弥吉が身を固くして座っていた。

源兵衛の顔を見て、材木町の碁会所で碁を打った相手だと思い出し、格之進は驚いた。

旗本は割れた井戸茶碗を突きつけて怒鳴り、入口近くに集まった野次馬は、興味津々で様子を見守っていた。

旗本は、弥吉に割れた茶碗を突きつけた。

「お主に預けたのは、無傷の大井戸茶碗であったはずだぞ。何故このようなことになったのだ」

「お武家様にその茶碗をお返ししましたが、間違いなく茶碗は割れてはおりませんでした」

「それでは、拙者が自分で割って、言いがかりをつけておると申すか」

旗本の剣幕に弥吉が怯《ひる》んだ。

「よいか、これは我が家に代々伝わる家宝、高麗《こうらい》物の大井戸茶碗。いったいどうしてくれるのだ」

「と申されても、私どもはどうしてよいやらさっぱり分かりません。いったい、どのようにすればお許し願えるのでしょうか」

「五百両で引き取るということであれば水に流してやろう」

五百両という言葉に源兵衛は仰《の》け反《ぞ》った。

「ご冗談を」

「冗談だとォ」

旗本は、いきなり刀を抜いて源兵衛に突きつけた。

源兵衛は青ざめた顔でぶるぶる震えた。

「お、お金は払います。ですが、手前どもにとって五百両というのは大金。ここはひとつ、五十両ということで手を打って頂けませんでしょうか」

「何をたわけたことを。五百両が鐚《びた》一文欠けても許すつもりはないわ」

「ですが……」

その様子を眺めていた格之進は、すぐに事態を飲み込んだ。旗本はいかにもあくどい顔つきをしている。因縁をつけて金を強請る魂胆なのだ。

「払わぬというなら斬る。そこへ直れ」

旗本が源兵衛に向けて刀を振り上げた。

「お待ち下さい」

野次馬を割って、格之進が進み出た。

その姿を見た源兵衛は、一瞬怪訝そうな顔をしたが、格之進が碁会所の相手だとすぐに思い当たった。

「何者だ、貴様」

旗本が威圧するように格之進を睨んだ。

格之進は旗本を無視して源兵衛に語りかけた。

「それがし、書画骨董は目に覚えがございます。不躾《ぶしつけ》ながら、目利きさせて頂けませぬか」

「そういうことでございますれば、ぜひお願い致します」

格之進は、旗本に手を差し出した。

旗本は、渋々茶碗を渡した。その目に、微《かす》かな焦りの色が浮かんだ。

欠けた茶碗を手にして、格之進は高台《こうだい》を見た。

井戸茶碗は、高台のあたりに粒状の突起が浮かんでいるのが特徴だ。梅花皮《かいらぎ》と呼ばれるこの部分は器の見どころと言われている。

なかなか趣のある茶碗だが、格之進は違和感を覚えた。本物の釉薬《ゆうやく》は透明感があるものだが、この茶碗の梅花皮にはそれがなかった。また、器を重ねて焼くので釉薬がつかないように小石や砂を置くが、器の裏にできる目跡《めあと》の形も高麗物とは違っていた。

格之進は、これが偽物であることを見抜いた。

「ご主人。これは目跡や梅花皮からして、高麗物の井戸茶碗ではございません。十文の値打ちもない真っ赤な偽物」

「おのれ。お主は拙者を愚弄する気か」

血相を変えた旗本が今度は格之進に刀を向けた。

「家宝が偽物だと世間に知れては家名の恥でございましょう。悪いことは申しません。このままお帰りなさいませ」

「無礼者。表に出ろ」

格之進は旗本と一緒に店の表に出た。

店を出た途端、旗本の怒りが消えた。溜息をついて、格之進からもぎ取るように茶碗を摑んだ。

「余計な真似をしおって」

旗本は、舌打ちをして立ち去って行った。

奉公人の乙松と利七が出て来て、玄関先に塩を撒いた。

野次馬が立ち去り、格之進も萬屋を後にすることにした。

少し進むと、手代の弥吉が追いかけて来た。

「お待ち下さい。手前どもの主人が、お侍様にぜひ御礼を申し上げたいと」

弥吉は格之進を引き留めようと追い縋《すが》った。

「お気遣いは無用。出過ぎた真似をしたとご主人にお詫びして下さい」

格之進はそう言って、弥吉を相手にせず馬道を去って行った。

「あのォ、お武家様」

弥吉は、格之進の後ろ姿を眺めて立ち尽くすしかなかった。

萬屋に戻った弥吉は、源兵衛にこっぴどく叱られた。

「そのまま帰してしまう馬鹿があるか。これを口実に、金でもタカられたらどうする」

「でも、御礼など要らぬと……」

番頭の徳次郎も弥吉を叱責した。

「お前は何と浅はかなのだ。もしあのお侍が、裏であの旗本とつるんで、ひと芝居打っていたとしたらどうする」

徳次郎の言葉に、源兵衛ははッとした。

「そうか、そういうことか。恩を売っておいて、あとで大金をせしめるつもりだ。としたら、早く手を打たねば」

源兵衛は焦った。

翌日、源兵衛は、あのお侍のところに行くと言い、弥吉にも同行を命じた。

「旦那様は、あのお侍をご存じなのですか」

「いいから、黙ってついて来なさい」

源兵衛の行き先は、材木町の碁会所であった。

席亭から話を聞いて、探しているのは柳田格之進という浪人であることが判明した。

「それで、その柳田様というお方はどちらにお住まいでしょうか」

「何でも、阿部川町の裏長屋に住んでいるそうでございます」

居場所を知った源兵衛は、その足で阿部川町に向かった。

長屋に向かう道すがら、弥吉は源兵衛に、どうしてあのお武家様を知っているのかと尋ねた。

しかし、源兵衛はそれには答えず、

「あの人は、不思議なお方だ。何を考えているか、さっぱりわけが分からぬ」

とだけ言った。

阿部川町に入ると、子どもたちが現れて源兵衛を囃《はや》し立てた。

「鬼のけち兵衛、人でなし。他人の生き血で蔵建てた」

源兵衛が「こらァ」と拳を振り上げると、子どもたちは「うわーッ」と歓声を上げて蜘蛛《くも》の子を散らすように逃げて行った。

子どもたちが走り去った向こうに、裏長屋の木戸が見えた。

そこが、格之進が住む八兵衛長屋だった。

八兵衛長屋の木戸の上には、住人たちの名前が書かれてあった。

源兵衛は、そこに「書と篆刻、柳田格之進」という文字を見つけた。

木戸を入って進むと、「柳田」と書かれた腰高障子が見えた。

「失礼しますよ」

源兵衛は障子を開けて長屋に入った。

格之進の横で針仕事をしていたお絹が、何の用だろうと、源兵衛と弥吉を見た。

戸口から家の中を眺めた弥吉は、お絹の鈴を張ったような目で見つめられた刹那、胸を鷲づかみにされた。こんなに美しく清楚な娘を初めて見たような気がした。

土間に立った弥吉の目は、お絹に貼り付いたまま離れなかった。

源兵衛は上がり框《かまち》に腰を降ろし、畳の上に袱紗を置いた。袱紗を開くと、中に小判が入っていた。小判は全部で五両。たちの悪い旗本の強請から助けてもらった礼として、これっきりにしてもらいたいという気持ちの金であった。

ところが、格之進は、頑として金を受け取ろうとしなかった。

源兵衛は、格之進がもっと大金をせしめようとしているのではないかと警戒して、どうしても受け取ってもらわなくては困ると迫った。

そんな二人のやり取りを、お絹は縫い物をしながら聞いていた。

胸の鼓動が高鳴る弥吉は、源兵衛と格之進の会話など耳に入らず、お絹ばかりを眺めていた。

「五両では不足と申されますか」

「そうではありません。謂《い》われのないものを受け取るわけにはいかないと申しているだけです」

「ともかく、この五両はどうしても受け取って頂きます」

いつまでも続く押し問答に業を煮やしたお絹が、針仕事の手を止めて源兵衛の前に座った。

「父上は、一旦こうと決めたら何があっても後には引きません。申し訳ございませんが、今日のところはこのままお引き取り下さい」

お絹はきっぱりと言い、両手を膝の上に置いて丁重に頭を下げた。

さすがの源兵衛も、それ以上言い返せず、金の話を切り上げざるを得なかった。

源兵衛は、ずっと心で燻《くすぶ》っていた疑問をぶつけてみた。

「ひとつだけお聞かせ下さい。柳田様、あの碁会所で何故勝ちを譲られたのです」

源兵衛が尋ねても、格之進は無言のままであった。

「左辺の石に付けた一手は妙手でございました。あの一手で私の左辺の大石は死んでしまいました。あれから、自棄《やけ》になって殺せない石を攻めましたが、私も無理筋だと存じておりました。あの石はどうやっても殺せるわけはありません。決着がついていたのに、どうしてあなたは勝負を投げられたのですか」

格之進が、やっと口を開いた。

「その昔、碁で嫌な思いをしたことがありました」

「と、仰いますと」

「ずいぶん前のことになりますが、無礼な相手の打ちぶりに、平常心を失い相手と諍《いさか》いになったことがありました。それを思い出してしまいまして」

格之進の顔に、一瞬微かな翳《かげ》りが過ぎった。

「囲碁というものは、味わい深いものです。勝負の奥底に、勝ち負けを越えたものがあります。芸というか品性というか……」

「どういうことでしょうか」

「碁を打てば人間が磨かれます。自ずと気品が備わってくるものです。それが勝負の本当の目的のように思うのです。なりふり構わず品性を捨ててまで勝ちを貪《むさぼ》るというのは、本末転倒のような気がしてならないのです」

穏やかな言い方であったが、源兵衛は叩きのめされたような気持ちになった。

「それでは、私の姑息《こそく》な碁に嫌気が差し、それで柳田様は、みすみす一分を捨てたのでございますか」

「世知辛《せちがら》い世の中ですが、囲碁だけは、正々堂々嘘偽りなく打ちたいのです」

源兵衛は、格之進の言葉を反芻して呟いた。

「正々堂々、嘘偽りなく……」

商いは駆け引きだ。正々堂々馬鹿正直に取引していれば利は出ない。買い取りは低く見積もり、それを高く売るのが商いというものだ。源兵衛は、正々堂々という言葉を久しく忘れていたような気がした。

「あれ以上打ち進めると、碁が穢《けが》れてしまうような気がしたのです」

穢れるという言葉が、源兵衛の胸に突き刺さった。

勝ち碁をわざと捨てた格之進を、源兵衛はずっと変人だと思っていた。だが、こうして本人から聞いているうちに、曲がったことは一毫《いちごう》たりともしないという、人としての矜持《きょうじ》が伝わってきた。

この柳田格之進という男は、勝負を捨て、一分という金を捨てた。そうしなければ失ってしまうものがあったからだ。そうまでして守ろうとしたのは人としての誇りだ。

この男なら一分が一両でも、いや十両でも捨てていただろう。源兵衛はやっと格之進という人物の心情を理解した。

「もっとも、こういう考えは素人ゆえのものです。名人、本因坊といった達人から見れば邪道でしょうが……」

「とんでもございません、邪道だなどと……」

関心しきりの源兵衛は、部屋の隅に碁盤が置かれてあるのに気づいた。ぼんやり碁盤を眺めるうちに、妙案が浮かんだ。

「柳田様、一番勝負をお願いできませんか」

「どういうことでしょうか」

「あなた様がお勝ちになれば、私はこの五両を持って帰ります。が、もし私が勝ちましたら」

「これを受け取れ、と」

「はい」

源兵衛は真剣な目で格之進を見た。

格之進は腕を組んで宙を睨み、口を結んだまま考え込んだ。

そのまま言葉を発しないことに焦《じ》れた源兵衛が尋ねた。

「いかがでございましょう」

格之進は腕を解き、源兵衛に顔を向け直した。

「分かりました」

そう言って、格之進は碁盤を用意した。そして、源兵衛の先番で二人の対局が始まった。先日とはまるで違う碁だった。源兵衛は乱暴に石を運ぶことをせず、定石通りの本手を打ち進めた。中盤に入って石が競り合ったが、源兵衛は無理に攻めることもなくじっと力を溜めて、つけいる隙《すき》を見せなかった。

強い。格之進は源兵衛の碁に驚き、腰を据えて慎重に打ち進めた。

お絹は、針仕事の手を止めて父の碁を見守った。

弥吉は戸口に立ったまま、二人の対局を眺めた。以前源兵衛から手ほどきを受けたことがあるが、それっきりになっていたから囲碁には疎《うと》かった。だから、形勢がどうなっているのかまでは分からなかった。

気がつくと、弥吉の周囲には、長屋の住人たちが集まっていた。

弥吉から対局になったいきさつを聞いた秀は納得がいかないと憤慨した。

「どうして、突っ返すんだよォ」

女房のお時も不満そうだ。

「そうだよォ。くれるって言うんだからもらっときゃいいんだよ」

留吉は、腹立たしくてしょうがなかった。

「勿体ねえ。五両だぜ、五両。五両ありゃあ、溜まっている店賃をすっぱり返せるじゃねえか」

「そうよ。店賃を払ったって、たっぷり余るから、美味い肴と酒をしこたま買って、どんちゃんやれるっていうのによォ」

「畜生ッ」

長屋の連中は、まるで自分たちの金が失われようとしているかのように残念がった。

「こうなったからには柳田様にゃあ、鬼のけち兵衛を、ぎゃふんと言わしてもらいてえなァ」

と、留吉が言った。

「けどよ。柳田様が勝ったら、あの五両はけち兵衛が持って帰るんだろ」

秀に指摘されて、留吉が気づいた。

「あ、そうか。てことは、ここはひとつ、何が何でも柳田様に勝って……いや負けてもらわねえと」

家の中を覗き込んで、お時が弥吉に尋ねた。

「それで、どっちどっちが勝ってるんだい」

「まだ、どっちとも。でもうちの旦那様が勝つに決まってます。私は、旦那様が負けたところは、いっぺんも見たことがありませんから」

対局がいよいよ大詰めに差しかかった。

碁ができるお絹は、盤側で目数を計算して優劣を確認していた。

弥吉も土間に入り、身を乗り出して盤面を睨んだ。

「終わりましたか」

と源兵衛が言った。

格之進と源兵衛は、どちらの陣地にもならない駄目《だめ》を詰めて、互いの目数を計算しやすくするために陣地を整地し始めた。

「参りました。白の六目勝ちですか」

源兵衛がそう言った。対局中に数えて既に負けは知っていた。整地して数えてみると、果たして源兵衛の言った通り、格之進の六目勝ちであった。

源兵衛は、晴れやかな顔で頭を下げた。

主人が負けて、弥吉はあからさまに口惜しがった。

そんな弥吉を見て、お絹が笑った。

「私なりに、嘘偽りのない碁を打ったつもりですが、力が違い過ぎました。二つか三つ、石を置かせてもらわなければ、とても勝負になりません」

源兵衛は素直に力の差を認めた。囲碁は先番の黒が有利だ。黒を持って負けたというのは、格之進が一枚上手だということになる。

「今日は指運に恵まれました。源兵衛殿は、なかなかお強い」

「では、お約束通り」

源兵衛は五両を袱紗に包んで懐に入れた。

戸口から眺めていた長屋の連中は地団駄《じだんだ》を踏んだ。

「このような貧乏暮らしをしておりますと、性根がねじれてつい依怙地《いこじ》になってしまいます。どうかお気を悪くなさらず」

そう言って、格之進は軽く頭を下げた。

「何を仰います」

「今日は久し振りにいい碁が打てました」

そう言ってもらえて、源兵衛は清々しい気持ちになった。

「柳田様、お願いがございます。できますれば、これをご縁にまたお手合わせ願えませんでしょうか」

格之進は、穏やかに微笑んで言った。

「喜んで」

その言葉を聞いて、源兵衛の表情が輝いた。

「本当でございますね。お約束しましたよ」

嬉しそうに言うと、源兵衛は表に出て行った。

その後ろに続く弥吉を見送って、お絹が、おかしそうに格之進を見た。

「どうしたのだ」

「源兵衛さんのお付きの人、父上の勝ちが決まると、まるで自分が負けたような顔をしておりました」

「それだけ、源兵衛殿のことを慕っているのだろう」

「あの口惜しそうな顔ったら」

お絹は、くすりと笑った。

格之進は、そんな絹を眺めて穏やかな笑みを浮かべた。

八兵衛長屋を出た源兵衛と弥吉は、菊屋橋に差しかかった。

「堂々とした碁で、姑息なところは微塵《みじん》もない。囲碁は人なりだ」

「立派なお方ですね、柳田様は」

「お嬢様もまたご立派だ。五両は受け取れないという筋の通し方は父上譲りで潔《いさぎよ》い。それに、鄙《ひな》には希《まれ》な美人。あのような裏長屋に住まわせておくにはもったいない」

「そうでございましょうか」

お絹のことで頭がいっぱいだった弥吉は、つい裏腹な言い方になってしまった。

「何だ、お前も気に入ったとばかり思っていたがな」

源兵衛が意外だというように言った。

「旦那様の碁ばかり眺めておりましたので、お嬢様のお顔を良く存じ上げません」

と言いながらも、心の中でお絹の顔を思い浮かべていた。

七　下り酒

これをご縁に碁を打ちましょうと約束をした源兵衛は、さっそく格之進に対局を申し込んだ。

御徒町の得意先に、買い上げてもらった掛け軸と壺《つぼ》を届けた帰りに、源兵衛は弥吉を伴って八兵衛長屋にやって来た。途中、和菓子屋に立ち寄ってお絹への練《ね》り切《き》りの土産を買ってあった。上等な練り切りを受け取って、お絹は瞳を輝かせた。

「すぐにお茶を淹れますから」

そう言って、お絹は竈《かまど》の前に立った。

さっそく格之進と源兵衛は、碁を打ち始めた。

弥吉は、盤側に座って勝負を見守った。穏やかな碁になった。これなら、弥吉にも理解できた。

囲碁を打ち進める源兵衛は、因縁をつけた旗本のことを思い出した。格之進が間に入ってくれたから助かったが、あの井戸茶碗を偽物だと見抜いたのだから、かなりの目利きだ。

「あの茶碗、私も怪しいと睨んでおりました。ですが、お恥ずかしい話ですが、どうしても自信がありませんでした」

「致し方ありません。なかなか良くできた贋作《がんさく》でしたから」

「それにしても、よくあれが偽物だと見抜かれましたな。遠目には本物にしか見えなかったはずです」

「その昔、それがしはある藩の進物番をしておりました。蔵の中には、高麗物の井戸茶碗もあって、何度も手に取って眺めたことがあったのです」

「そうでございましたか。しかし、柳田様のようなお方が、どうしてこのような浪人暮らしを」

「色々と、ございまして」

「色々と」

「いかにも」

そう言って、格之進は口を噤《つぐ》んだ。源兵衛は、それ以上聞くことができなくなってしまった。

格之進にとって、それは話したくない過去であった。源兵衛には話してもいいが、お絹の前では話しづらかった。

格之進は打ち明ける気持ちを固め、源兵衛の顔を眺めたまま言った。

「絹、そこにある篆刻を、花川戸《はなかわど》の野代《のしろ》屋さんまで届けて来てくれぬか」

「はい」

源兵衛は、人払いのためにお絹を使いに出すのだと察した。その意図を知って、源兵衛も口を開いた。

「何か間違いがあるといけません。弥吉、お前もお絹さんと一緒に行きなさい」

「分かりました」

「帰りに、酒を五合ばかり、いや、二升の角樽を一つ買って来なさい。安酒はいけませんよ。下り物の上等な諸白《もろはく》にしなさい」

買い物を頼まれて弥吉は驚いた。けちな源兵衛が酒を振る舞うというのが信じられなかった。

「何をぽかんとしているのだ」

「あ、はい」

「肴も適当に見繕《みつくろ》いなさい。それから、お絹さんが何か食べたいものがあれば、それもお願いしますよ」

そう言って源兵衛は紙入れを渡して、弥吉とお絹を送り出した。

二人だけになって、格之進は、過去のいきさつを語り始めた。

「五年前、事件が起こりました」

「と申しますと」

「進物蔵に賊《ぞく》が入り、殿の一番のお気に入りだった狩野探幽《かのうたんゆう》の軸が消えたのです」

格之進は、暗い顔で話を続けた。

「鍵を預かるそれがしに嫌疑がかかりました」

「どうして柳田様のような真っ直ぐなお方に嫌疑がかかったのでございますか」

「それがしに不正を暴かれて冷や飯を食わされた者たちの讒言《ざんげん》です」

「何とひどいことを……」

「そして、心労がたたり、妻の志乃は……」

格之進は、そこまで言って唇を噛んだ。

「奥様がどうなされたのです」

「……琵琶湖に身を投げて自ら命を絶ってしまいました」

格之進の悲しみの表情が怒りに変わった。

「沙汰が出るまでの蟄居《ちっきょ》を命じられたのですが、讒言を信じた殿に愛想が尽きて、弟に家督を譲って藩を出ました」

「そうでございましたか」

「藩を出て長屋暮らしを始めたもののすぐに金は尽き、暮らしのために父から譲り受けた刀を売り払い今は脇差し一本という体たらく……面目もございません」

格之進の過去を知り、源兵衛もつらい気持ちになった。

買い物に出かけた弥吉は、胸の高鳴りを抑えながらお絹と一緒に新堀川沿いの道を歩いた。隣にいるお絹のことばかり気になって、まるで雲の上を歩いているようだった。

お絹が弥吉に尋ねた。

「源兵衛さんに買い物を言いつかって、どうして不思議そうな顔をしたのですか」

「旦那様が、他人のためにお金を出すのを初めて見ました」

「そうなのですか」

「旦那様は、世間では、鬼のけち兵衛と呼ばれるぐらいけちで有名なのです」

「鬼のけち兵衛」

と言ってお絹が笑った。

「いつぞやは、たった十文の帳尻が合わないというだけで、番頭さんがひどく叱られました」

「たった十文で」

「そうです。十文じゃ、夜鳴き蕎麦《そば》だって食べられないというのに」

「でも、こんなにご馳走してくれるなんて、けち兵衛さん、いったいどうしてしまったんでしょうね」

お絹は歩きながら笑った。

二人は、菊屋橋の脇にある孫三《まごぞう》稲荷の前に差しかかった。小さな稲荷神社だが、お絹は、ここを通る度にお参りしていた。

お絹は、弥吉を誘って神社に入った。

二人は並んで、手を合わせた。

弥吉が目を開けると、お絹が尋ねた。

「何をお祈りしたのです」

弥吉は動揺した。

「何を、と言われても……」

「言えないようなことなのですか」

「いえ、そういうわけでは……」

「なら、言って下さい」

「……柳田様とお絹さんが、いつまでもお元気でいられるようにと……」

嘘だった。本当は、お絹が自分を慕《した》ってくれるようにとお願いしたのだ。

「お絹さんは、何をお祈りしたのですか」

反対に弥吉が尋ねた。

「さあ」

お絹は、にこりと笑ってその場を立ち去った。

「お絹さん、ちょっと……」

弥吉はお絹を追いかけた。

弥吉が買ってきたのは、伊丹の下り酒坂上の「剣菱《けんびし》」だった。角樽に二升、酒はたっぷりあった。

肴は刺身のほかに、煮売り屋で買った煮豆、ひじきの白和え、大根の切り干しの煮付け、小松菜のお浸しなど、一通り揃っていた。

下戸《げこ》の女性たちのために、おこわも買い求めていた。

格之進と源兵衛は、剣菱をちろりで温めてもらい、熱燗で飲んだ。

すーっと喉を通った酒が、空きっ腹の胃を一瞬かっと熱くし、それから身体に染みこんでいった。久し振りの下り酒だった。一口飲み終えてからも、格之進は、酒の余韻に浸った。雑味がなく淡麗で、切れのある極上の諸白だった。これほどの極上酒は、浪人暮らしになってから初めてであった。

ふうっと息を吐いた格之進に、源兵衛がちろりを向けた。

「さ、どうぞ、も一つ」

格之進が猪口で酒を受けていると、戸が開いて、留吉と秀が顔を覗かせた。

「何やら、珍しい物があると、そんなことを耳にしまして……」

二人は角樽に目を奪われていた。どこかで二升の酒があると聞き、それを目当てにやって来たのだ。

源兵衛は、うっとり角樽を見ている二人に向かって言った。

「極上の下り物です。さ、よろしかったら、遠慮なさらずどんどんやって下さい」

「へえ。それじゃあ、お言葉に甘えて」

お絹が、留吉と秀の猪口に、ちろりから酒を注いでやった。

「美味えッ」

一口酒を飲んだ秀が感嘆の声を上げた。

「こんな上等な酒は初めてだ」

と言って、秀は一気に酒を呷った。

日頃飲んでいるのは一合四文のどぶろくか八文の中汲みの濁り酒、それも水っぽい安酒だった。だから極上酒の剣菱はまるで別物であった。

「あんた。調子に乗って飲み過ぎると承知しないよ」

やって来た女房のお時が釘を刺すと、秀は首を竦《すく》めた。

飛びきり上等の酒があると知った長屋の連中が、わらわらと集まって来た。準備万端、手に手に湯飲み茶碗を持っていた。肴にする目刺しの小皿を持っている者もいる。長屋に入りきれないので、外に床机《しょうぎ》や樽を置いてそこに腰掛けて宴会になった。

男たちは酒を飲み、下戸の女たちは煮売り屋のおかずで楽しそうにおこわを食べた。

長屋の住人が入れ替わり立ち替わり飲みに現れ、二升の角樽はあっというまに空になった。源兵衛があと二升買い足すようにと弥吉に命じると、長屋の連中から歓声が沸き上がった。

酒と肴が追加になり、大家の八兵衛、三味線の師匠のお鈴までも加わって大宴会になった。皆は賑やかに酔っ払い、お鈴の弾く三味線に合わせて手拍子で唄を歌った。酔っ払った秀と留吉が、その唄に合わせて滑稽《こっけい》な踊りを披露し、お絹と弥吉は腹を抱えて笑い転げた。

他人とは一線を画して接することにしていた格之進だったが、和気藹々《あいあい》飲む酒はまた格別であった。今日だけは堅苦しいことは抜きにして飲むことにした。

その日格之進は、一日二合半という決まりを初めて破った。

楽しいのは、源兵衛も同様であった。元々、源兵衛は酒が好きではなかった。飲む気になれば飲めた。だが、飲んだところで楽しくはなかった。だから、酒を飲む気になれないでいた。しかし、こうして賑やかに飲む酒はじつに愉快だった。

酒の楽しさを初めて知った。

格之進と源兵衛は、長屋の面々と一緒に剣菱の杯を重ねた。

八　割勘定

格之進と飲んで酒の楽しさを知った源兵衛は、どうせなら、囲碁を打った後でちょっと気の利いた料理茶屋で軽く飲みたいと思った。

源兵衛の意向を受けた格之進は、池之端の蓬萊屋で碁を打ちましょうと提案した。

約束の刻限より早く蓬萊屋に着いた源兵衛は、二階の座敷に案内された。

座敷の中央には、既に碁盤が用意されていた。窓の外には、不忍池の弁天堂が良く見えた。源兵衛は落ち着かず、座敷を行ったり来たりして格之進を待った。まだ来ないかと、窓から身を乗り出すようにして通りの向こうを眺めてみた。姿が見えないので、碁盤の前に座り、手拭いで盤面を乾拭きしたりした。

そうこうしているうちに、主人の亀吉が階段を上ってやって来た。

「柳田様がお見えになりました」

その声に、源兵衛は破顔した。

格之進が部屋に入って来ると、

「さあ、どうぞそこへお座り下さい」

と、もどかしそうに言った。

格之進が碁盤の前に座り、二人はさっそく碁を打ち始めた。

熱戦になった。

囲碁に目がない主人の亀吉は、商売そっちのけで盤側に座って二人の対局を眺めた。

二番打って、一勝一敗の打ち分けとなった。

対局が終わると、お膳が運ばれて来て酒になった。

簡単な肴でいいからと言っておいたが、亀吉は奮発して刺身や天ぷら、小鉢までついたお膳を用意してくれた。

酒が入って、源兵衛は、身の上話をした。

源兵衛は駿州島田の出であった。生家は島田で宿屋を営んでいたが、次男であったので身を立てるべく江戸に出た。質屋の奉公人となり、懸命に働いて自分の店を持つまでになった。一代でここまでの大店にするためには、なりふり構わず利を貪り阿漕《あこぎ》な商いをした。商いというのはそういうものだと割り切っていた。

「そういう商いをして参りましたので、私の碁は卑しく品性下劣なものになってしまいました」

自嘲して源兵衛が言った。

「いえ、そのようなことはありません。今日はいい碁でした」

「そう言って頂けると恐縮でございます。これからは、欲得ずくは商い限りと致すことにします」

二人の話を聞いていた亀吉が、源兵衛に一局お手合わせ願いたいと申し出た。

源兵衛は二つ返事で挑戦を受けた。

その碁を眺めながら格之進は酒を飲んだ。

囲碁と酒肴で楽しんだが、源兵衛と亀吉の碁が終わり、さて帰ろうということになって、支払いを巡って押し問答になった。

源兵衛は、自分が誘ったのだから、ここの払いは任せてもらうと言った。

だが、格之進は、蓬萊屋は知り合いで、そもそもここを指定したのは自分だから、払ってもらうわけにはいかないと譲らなかった。

蓬萊屋の亀吉は、今日は自分も碁を楽しませてもらったのだから、今日の勘定はなしということにしましょうと言ったが、源兵衛と格之進は、とんでもないとその申し出を断った。

三者の押し問答が続いた。互いに譲らなかったが、最後には割勘定にしましょうということに落ち着いた。亀吉が三分の一値引きし、残りの割り前を源兵衛と格之進が支払った。

源兵衛は、格之進に申し訳ないことをしたと、その日のことを苦にした。長屋暮らしを見ているので、楽な暮らしでないことは分かっていた。割勘定といっても、格之進にとっては大きな金であったはずだ。酒を飲みながら碁を打ちたいのは山々だったが、こちらに払いを任せてくれないのでは格之進を誘うことができなかった。

そのようなわけで、料理茶屋での対局は、その一回だけになってしまった。それからの対局場所は、材木町の碁会所に定まった。

格之進と源兵衛は、三日に上《あ》げず碁を打つようになった。打つ毎に、格之進と源兵衛は気心の知れた間柄になった。対局を続けているうちに、源兵衛から狡猾《こうかつ》さが抜けた。

手談《しゅだん》という言葉がある。ただ手を動かしているだけだが、まるで対話をしているように相手と意を通じることができるという意味だ。そこから囲碁の異名ともなった。

格之進と碁を打つようになって、源兵衛の碁は節度のあるものになった。対局態度も礼儀正しいものになり、気品が感じられるようになった。源兵衛は、格之進との手談を通じて、その折り目正しさを吸収していった。

碁会所での対局が続いた。安い席料であったが、格之進と源兵衛は、それもきっちり割勘定で支払った。


秋になって、めっきり冷え込む日々が続いた。今年の冬は、寒さが厳しいのではないかと皆が噂した。

寒さをものともせず、源兵衛は碁会所通いを続けた。

碁会所から萬屋に戻った源兵衛が帳場を通りかかると、番頭の徳次郎に引き留められた。徳次郎は源兵衛に、持っている大皿を見せた。それは、客が質草に持ち込んだ伊万里《いまり》の皿であった。

「二分と申しておりますが、せいぜい一分がいいところでしょう」

「お前の目は節穴ですか。これほど見事な伊万里なら一両は下りませんよ」

源兵衛は、たしなめるように徳次郎に言った。

徳次郎が、声をひそめて言った。

「ですが、相手は素人でございます」

皿を持ち込んだ女が心細げに土間に立っていた。粗末な着物で、赤ん坊を背負っている。満足に食べてないようで、身体もやせ細っていた。

源兵衛は、その女を眺めてから、徳次郎に向き直った。

「商売というのは確かに欲得ずくの世界。ですがね、私は、正々堂々嘘偽りのない商い、ご奉仕のような商いがしたいのです。一両で引き取って差し上げなさい」

徳次郎は、納得がいかなかったが、言われたように一両を用意して弥吉に渡した。

弥吉が、土間に立っている女に一両を差し出すと、女は驚愕して源兵衛を見た。

そして、両手で一両を捧げ持つようにして、源兵衛に頭を下げて受け取った。

感極まる女を見て、源兵衛は満足そうに頷いた。

「正々堂々、正々堂々……」

源兵衛は、念仏のように呟きながら奥座敷に下がって行った。

番頭の徳次郎の前に、奉公人の乙松がやって来た。

「番頭さん、旦那様はどこかお身体の具合でも悪いのではないでしょうか」

乙松は、源兵衛の豹変ぶりを心配していた。

「さあ、特に悪いところはなさそうだが」

戻って来た弥吉にも乙松が尋ねた。

「弥吉さん、最近、旦那様の様子がおかしいと思いませんか」

「そうですね、やかましく小言を言うことがなくなりました。番頭さん、そういえば、こんなことがありました」

「何だ」

「どうも、おかしなことを言いつかったのです」

「もったいつけてないで早く言わないか」

と、徳次郎が催促した。

弥吉は、淡路町の伊勢屋喜助《いせやきすけ》のことを徳次郎に伝えた。先日、喜助が五十両用立ててもらいたいと店にやって来た。源兵衛が五十両を渡すと、喜助は、有り難そうに店を出て行った。

「それがどうしたと言うのだ」

「その五十両ですが、利息は取るなと言うのです」

「利息を取らなくては商いにならないではないか」

「そうなのですが、これは友として融通してやるのだ、商いの金ではないのだからと仰るのです」

徳次郎は、首を傾げた。

「やはりどこかお悪いのだろうか。あれほどけちな旦那様が……」

と言って、慌てて口を噤んだ。

奥座敷へ引っ込んだ源兵衛が戻って来たのだ。

源兵衛は、弥吉に言った。

「弥吉。お前、碁を学んでみてはどうだ。碁が強くなると帳面が早くなるぞ」

弥吉は気が乗らなかった。以前、源兵衛に手ほどきを受けたことがあったが、どうしても碁になじめなかった。定石は変化が多くてとても覚えきれなかった。石が接近して攻め合いになれば、たちまち潰されてしまうから面白くない。陣地を一目、二目と数えるのも面倒だった。

「どうかご勘弁を。碁を考えていると、頭が痛くなってくるのでございます」

弥吉は、まるで気が乗らないというように鬱陶《うっとう》しげに答えた。

「そうか。柳田様の長屋に通って、碁を教わってはどうかと思ったのだがな」

「えッ、柳田様の長屋に通って碁を教わるのですか」

源兵衛の言葉は予想外だった。弥吉は、お供で格之進の長屋を訪れるのが一番の楽しみだった。お絹に会えるからだ。ところが、最近は碁を打つのは長屋ではなく碁会所ばかりになった。だから、お絹に会う機会がめっきり減ってしまっていた。弥吉は、源兵衛から長屋へのお供を命じられる日を、一日千秋の思いで待ち焦がれていた。そんな弥吉にとって、格之進の長屋に通って碁を教えてもらうというのは、千載一遇の好機だった。飛び上がるほど嬉しかったが、弥吉はそれを隠して言った。

「そういうことでしたら、ぜひ私は柳田様に碁を教えて頂きます」

「頭が痛くなるなら、無理強いはしないぞ」

「いえ、旦那様がそうしろと仰るなら私は喜んで」

弥吉は、自分の心を見透かされないよう殊勝に頭を下げた。

そんな弥吉を眺めて源兵衛は笑みを洩らした。弥吉の気持ちは、源兵衛にはお見通しだった。格之進に碁の稽古をつけてもらってはどうかと勧めたのは、お絹に対する想いを知っている源兵衛の親心だった。

決して援助を受けようとしない格之進に、稽古料という名目でいくらかの金を渡したいという意図もあった。いくら堅物の格之進でも、稽古料なら受け取ってくれるに違いない。弥吉の碁の稽古は、一石二鳥の妙案であった。

翌日、弥吉は飛ぶような足取りで菊屋橋を渡った。

長屋に着くと、さっそく稽古が始まった。

格之進は、弥吉の棋力に合わせた詰め碁を出した。簡単に解けるような優しいものばかりだった。次々に解けるので、弥吉は詰め碁が好きになった。難しくなっていくにつれて手こずるようになったが、弥吉は懸命に詰め碁に取り組んだ。

それから月に数度、弥吉は長屋に通って、格之進に碁の稽古をつけてもらうことになった。

稽古を初めた当初は、碁よりも傍《かたわら》で炊事や縫い物をするお絹のことばかり気になっていた。だが、この頃はお絹のことより囲碁に集中するようになった。

石の運びが分かるようになると、碁が面白くなった。取っつきにくいと思っていたが、知れば知るほど面白さが増した。

弥吉が稽古に通うようになって二か月が過ぎた。

格之進は、詰め碁や手筋の問題だけを弥吉に教えていたが、そろそろ実戦をさせなければと思った。

たてよこ十九本ずつの線が引かれた十九路の碁盤には、星と呼ばれる九つの点がある。星にすべて石を置いた九子の手合いを井目《せいもく》と呼ぶ。弥吉の棋力では、井目を置いても格之進とは勝負になりそうもない。

そこで格之進は、弥吉とお絹を対局させることにした。

格之進はお絹にも囲碁を教えていた。ずぶの素人ではあるが、弥吉より力は上だ。

お絹と盤を挟んで弥吉が石を持った。弥吉は、嬉しくてしょうがなかった。

これほど勉強しているのだから、お絹には負けるはずがないという自信があった。余裕綽々《しやくしやく》で打ち始めたが、気がつけば弱い石を一方的に攻められるという展開になっていた。

弥吉は命からがら大石を逃げ回ったが、お絹の鋭い着手に、「あッ。いや、それは」と、大仰に頭を抱えた。

そんな弥吉を見てお絹が笑った。

弥吉は、ムキになって碁盤に石を置いたが、最初の対局はまるで歯が立たなかった。

対局が終わり、家を出た弥吉は、意気消沈して木戸に向かった。

「お待ち下さい」

という声がして、お絹が追いかけて来た。

何事かと振り向いた弥吉に、お絹が言った。

「そこに、少しゃがんで下さい」

どういうことか分からなかったが、弥吉は言われた通りに膝を曲げた。

「そのまま」

そう言って、お絹は針と糸を取り出した。

「襟元《えりもと》がほつれています」

お絹は、そう言ってほつれを縫い始めた。

弥吉のすぐ横に、お絹の顔があった。

鼓動が高鳴った。

縫い終えたお絹は、糸を歯で切った。

「これで、もう大丈夫」

「あ、ありがとうございます」

弥吉は、お絹に頭を下げて立ち去った。

新堀川に突き当たって辻を曲がろうとした弥吉は、振り向いて長屋を眺めた。

長屋の木戸の前で、お絹はまだ弥吉を見送っていた。

お絹は、笑みを浮かべて弥吉に手を振った。

弥吉は、ぎこちなく頭を下げ、早足で歩き去った。


年が明け、享保十八年となった。

格之進とお絹は、八兵衛長屋で慎ましいおせち料理で正月を迎えた。

新年早々、材木町の碁会所から書の依頼が入った。何か碁に関する言葉を、と言われ格之進は、「爛柯《らんか》」という文字を書いた。「柯」というのは斧《おの》の柄であり、「爛」は腐り果てるという意味であった。木こりが森の中で、童子が打つ碁に見入っている間に、気がついたら斧の柄が腐ってぼろぼろになっていたという中国の伝説に由来した言葉だった。碁というものは時の経つのも忘れて夢中になる遊びであるという意味であり、そこから囲碁を指す言葉として使われるようになった。

席亭は、格之進の書を表具屋に出した。なかなか立派な額になった。席亭はそれを碁会所の壁に掲げた。

その額を気に入った源兵衛も、格之進に書を求めた。

格之進は「捨小就大」という文字を書いた。小を捨てて大を取るという囲碁の格言である。源兵衛はそれを額にして、萬屋の商訓として渡り廊下に掲げた。

料理茶屋から書の注文も入るようになった。どうせ料理の品書きだろうと思っていたが、格之進の書は座敷の床の間の掛け軸になった。

どういうわけか、それから次々に書の注文が入るようになった。料理茶屋だけでなく、大きな呉服屋や酒問屋からも注文が入った。

津軽《つがる》藩の上屋敷からは、篆刻の注文が入った。江戸家老直々の依頼は僥倖《ぎょうこう》であった。

その篆刻も評判になり、いくつかの注文が続いた。

年が変わって、格之進はいきなり忙しくなった。稼ぎも多くなり、やっと人並みの暮らしができるようになった。

溜まっていた店賃を払い終え、奮発して新しい炬燵《こたつ》蒲団を買った。今年の冬の寒さは尋常ではなく、大川が凍り付くほどであった。炬燵から出るのが億劫になるような日が続いたが、新しい炬燵布団で寒さを凌ぐことができた。

炬燵に入りながら、格之進は、源兵衛が一緒に酒を飲みたがっているだろうなと思った。格之進の懐具合を心配して誘うのを遠慮しているということは薄々察していた。今なら割勘定で払う余裕があった。

そこで、格之進は、源兵衛を蓬萊屋に誘うことにした。


源兵衛は、格之進の誘いに狂喜した。

それからの二人は、碁と酒を通じてさらに親密になった。

そんなある日、料理茶屋で杯を交わしていると源兵衛が言った。

「これほど昵懇《じっこん》の仲になったのですから、もう割勘定はおしまいということに致しませんか」

割勘定というのは他人行儀で水臭い。互いに払ったり払ってもらったり、余裕のあるほうが勘定を引き受けるということではどうかという提案であった。

格之進は、源兵衛の申し出を受け入れた。

それからの格之進は金の心配もせず、心置きなく碁を打ち、酒を飲むことができるようになった。

源兵衛は仕事の合間を見つけては、格之進を碁に誘った。碁が終わると、源兵衛は料理茶屋に招いた。

お返しに格之進は、行きつけの上総屋に案内した。

源兵衛は、こういう店は場違いなように思ったが、下り酒の味は申し分なかった。格之進は、坂上の「剣菱」、山本の「男山」、小西の「志ら菊」といった最上級の諸白を奮発した。

立ち飲みの酒屋は、源兵衛にとって新鮮だった。座敷に座って美味い肴で静かに飲むのもいいが、こうした賑やかなところで飲むのも愉快だった。店内には、樽の上に板を渡した簡単な床机がこしらえてあり、そこに腰掛けて飲むこともできた。しかし源兵衛は、こういう店では立ったまま飲むほうが酒が美味いような気がした。

二人は、昼に打った碁の検討を肴に、ちろりの酒を酌み交わした。

九　碁敵

源兵衛は囲碁に夢中になった。暇があれば、詰め碁を解いたり囲碁の定石を学んだ。

そのお陰で、囲碁が強くなった。

当初は二子で打っていたが、源兵衛の分が良くなり、石は置かず先番の黒という手合いになった。源兵衛は、先番の黒を持って十番打って三番勝つというようなところまで来た。だが、いくら囲碁を学んでもそれ以上は差が縮まらなかった。

それは、源兵衛に負けぬよう格之進も囲碁を学んでいたからだ。格之進は、本《ほん》因坊道策《いんぼうどうさく》の棋譜を並べたり、井上因碩《いのうえいんせき》の「囲碁発陽論」で碁を学んだ。

そのお陰で、格之進は再び源兵衛に二子の手合いに戻した。

源兵衛と格之進は、江戸で腕自慢の素人棋士が集まる神社の碁会に顔を出して碁の腕を磨いた。

江戸で最も強い素人棋士である増上寺の若い僧侶と対戦し、敗れたものの善戦して名前を知られるようになった。

格之進は、囲碁を学んで碁盤が広く見えるようになった気がした。碁盤の隅々まで見渡しながら、手を読むことができるようになった。彦根にいた頃は、寝ても覚めても碁に夢中で、ただがむしゃらに打っていたが、その頃よりも今の方が強くなっているという自負があった。

大店の旦那衆が集まる碁会に源兵衛と共に参加した格之進は、井上因碩の門弟の囲碁棋士相原可碩《あいはらかせき》に二子で指導碁を打ってもらうという幸運を得た。その碁に見事に勝利して、旦那衆が喝采を送った。

格之進と碁を打つようになってから、源兵衛の商いは変わった。質草を持って行くと、よそよりもたくさん貸してくれるので、客が押し寄せるようになった。金を借りる客ばかりではなかった。金に困って書画骨董を手放す客も萬屋にやって来るようになった。世間では、骨董を手放すなら馬道の萬屋に行け、と言うようになった。骨董屋で買い取ってもらうよりも高い値をつけてくれるからだ。萬屋なら骨董屋の三割増し、運が良ければ倍近い値で引き取ってもらえるとあって、客が押しかけるようになった。

利の薄い商いにしたら逆に大繁盛したのである。商いというのは分からないものだ。

世間での源兵衛の評価は鰻上りで、気がつくと鬼のけち兵衛という呼び名は、仏の源兵衛に変わっていた。

弥吉とお絹も、碁敵として互いに腕を磨き、次第に親密になっていった。三日に一度、格之進の家に稽古に通っていたが、弥吉はその日が待ち遠しくなった。

八兵衛長屋に行く日になれば心が躍《おど》り、稽古が終わって萬屋に向かう道すがらは、また二日間会えない寂しさに襲われた。

それは、お絹も一緒だった。次に弥吉が来る日を想いながら、長屋でこつこつと賃仕事の縫い物をした。

天空に花火が上がり、両岸の観客から「鍵屋《かぎや》ーッ」という歓声が上がった。

今年から、両国の川開きで花火が上げられることになった。去年の飢饉《ききん》と、江戸市中で蔓延した疫病で多くの死者が出た。幕府御用達の花火師六代目鍵屋弥兵衛《やへえ》は、死者供養と災厄除去を祈願して、皐月二十八日に、大川で花火を打ち上げた。

花火は庶民の楽しみだった。しかし、火事が多発する原因になったので何度も禁止になった。花火好きの江戸っ子のために完全に禁止することもできず、大川の川筋と海岸だけは例外的に許されていた。

両国の川開きの花火に、江戸っ子たちは熱狂した。

大川岸には多くの人が詰めかけ、川面には幾艘もの納涼船が浮かんだ。

その納涼船の一艘に、源兵衛、格之進、お絹の姿があった。源兵衛が、花火を眺めながらお料理を食べましょうと、格之進とお絹を誘ったのだ。

納涼船には碁盤が運び込まれてあった。源兵衛と格之進は、酒を飲みながら盤を囲んだ。

お絹には、蓬莱屋の重箱が用意されていた。料理を口に運びながら、打ち上がる花火を見上げる笑顔は、邪気のない童のようであった。

格之進は、そんなお絹に、志乃と三人で彦根で暮らしていた頃の面影《おもかげ》を追っていた。

花火が上がる。酒があって美味い料理があって、そして囲碁があった。他の納涼船からは三味線の音が聞こえてきた。川面を渡ってくる涼やかな風を受けながらの対局は至福の時であった。

源兵衛は格之進から碁を教わっている弥吉のことを思い出した。

「弥吉の碁は、いかがでしょう」

「筋が良く、石の運びに品があります」

「そうですか」

源兵衛は、弥吉が褒められて、自分のことのように喜んだ。

お世辞ではなく、弥吉は呑み込みが早く、格之進の教えを守って打った。ただ地を囲うだけでなく、中央に勢力を広げる石の形は、壮大で美しい。まだ読みの力がないため、それを勝ち碁まで持って行くことはできないが、これから実戦を積めば、強くなるのは間違いなかった。

源兵衛は、弥吉が囲碁にのめり込んでいることを伝えた。長屋での稽古が終わって萬屋に帰ると、囲碁の定石や手筋の冊子を源兵衛から借りて、寸暇を惜しんで碁盤に石を並べていた。

「なるほど、それだけ熱心なので、弥吉さんがめきめき強くなっているのですね」

と、お絹が言った。最初は、まるで相手にならなかったが、弥吉との力の差は徐々に接近し、うっかりすると負けそうになることもあった。

源兵衛は弥吉の生い立ちを語り始めた。

「弥吉は、私の遠縁なのですが、元は侍の子でして……」

格之進は、弥吉にはどこか気品があると感じていたが、武士の子であると聞いて、なるほどと思った。

弥吉は、遠州掛川藩の下級武士の子であった。だが、幼い頃、流行病《はやりやまい》でふた親を亡くしてしまった。家督は父の弟が継ぐことになった。弟の妻は身重で、弥吉を引き取ることに難色を示した。弟の妻は源兵衛の妻の遠縁であった。そこで源兵衛に、弥吉の面倒をみてもらえないかという話が舞い込んだ。源兵衛夫婦には子がなかったので、その話を受けることにした。幼くして萬屋に引き取られた弥吉は、源兵衛夫婦に良く懐《なつ》いた。妻は実の子のように弥吉を可愛がった。しかし、源兵衛の妻は脚気《かっけ》が進んで十五年前にこの世を去った。弥吉は毎日泣き続けた。その姿を見ていると源兵衛は不憫《ふびん》でならなかった。それからは、妻があれほど可愛がっていた弥吉を、実の子と思って大切に育てた。それが、妻の供養になると思った。妻には充分なことをしてやれなかったので、弥吉にはそのような悔いが残らないようにしようと心に誓っていた。

「いずれ弥吉は私の跡継ぎにするつもりです。番頭にもかねてよりそのように言い含めております」

格之進は、それほどまでに弥吉が大切にされていると初めて知った。若くして手代になったことも、いつも同行させているのももっともだと納得した。

十　中秋の名月

阿部川町に久し振りに虫売りの声が響いた。

格之進が通りに出ると、一間ほどの細長い竹ひごの束を担ぎ、虫籠をぶら下げた虫売りが、売り声を上げながら新堀川沿いの道を歩いて来た。竹ひごの先には小さな蛍《ほたる》籠が付いていた。ぶら下げられた虫籠は、蟋蟀《こおろぎ》や鈴虫のものであった。

格之進は、鈴虫と蛍を買い求めた。代金を支払って、竹ひごの蛍籠と鈴虫の虫籠を受け取った。虫籠は、屋形船の形をしていて洒落《しゃれ》た作りだった。

格之進は軒先に虫籠を吊し、蛍の竹ひごを水屋に差し掛けた。

夕食が終わり、行灯の脇で格之進は碁盤に石を並べ、お絹は縫い仕事を始めた。

暗くなると蛍が光り、鈴虫の「リーン、リーン」という鳴き声が部屋に響いた。

妻の志乃は、鈴虫が好きだった。虫の鳴き声を聞いていると妻のことが想い出された。

格之進の母、八重《やえ》は、藩の女たちに家で琴を教えていた。

まだ幼い志乃も教え子の一人だった。三つ年下の志乃は、一緒に遊んでくれと格之進を追いかけ回した。幼い頃から兄妹のように仲睦まじく育った。

志乃は、格之進が飼っている鈴虫が羨《うらや》ましく、自分も欲しいとねだった。

そこで、神社の裏の茂みに鈴虫を捕まえに行くことにした。

鈴虫の現れそうな場所に、昼のうちに胡瓜《きゅうり》と茄子《なす》の切れ端を置いておき、夜になって二人でその場所に向かった。

暗い道を進むと鈴虫の鳴き声が聞こえて来た。格之進は、虫の音を頼りに接近した。素早く手を伸ばし、捕まえた鈴虫を虫籠に入れた。

志乃にも捕ってみろと言ったが、鈴虫の動きは素早く、一匹も捕ることができなかった。格之進は、志乃のために数匹の鈴虫を捕ってやった。

志乃は、虫籠を覗き込んで、瞳を輝かせた。

それから、毎年夏が近づくと、格之進と志乃は、鈴虫捕りに出かけるようになった。

年頃になった志乃は美しい娘に成長した。藩の上士の家から、嫡男の嫁にという声がかかった。しかし、志乃は将来を約束した人がいるからと、その縁談を断った。志乃が心に決めていたのは格之進ということであった。

願ってもない良縁をまとめたい志乃の両親は、格之進の家に相談にやって来た。格之進は、志乃と将来を約束した覚えはなかった。きっと、縁談に気が乗らないのでそのようなことを言ったのだと思った。

双方の両親が相談した結果、格之進が志乃を説得するということになった。幼なじみで兄も同然の格之進なら、志乃を翻意させることができるだろうと考えたからだ。

さっそく格之進は、志乃と会った。

縁談の相手がなかなかの秀才で藩でも将来を嘱望されている逸材だから、一緒になる相手としては申し分ないと説得を試みたが、格之進が言えば言うほど志乃は暗い顔になった。

「格之進様は、もうお忘れなのですか」

そう言う志乃の目は、微かな怒気を含んでいた。

七つになった夏、鈴虫を捕りに神社に行った志乃は、濡れ落ち葉を踏んで足を滑らせ、裏山の斜面を転げ落ちたことがあった。

格之進は、あわてて志乃の元へ駆け寄り、身体を抱え起こした。足に軽い擦り傷があったが、幸い大した怪我ではなかった。

「びっくりしたぞ。大きな怪我でもしたら女は大変だからな」

格之進は、万が一顔に傷でも残ったら嫁入りに障《さわ》るから無事で安心したと言った。

それを聞いて、志乃は、訴えるように格之進を見た。

「私はどこへも嫁ぐ気はありません。格之進様と一緒になると決めております」

まだ幼い志乃の言葉に、格之進は苦笑した。

「分かった、分かった」

その言葉を聞いて、たちまち志乃の機嫌が直った。

昔話を聞かされて、確かにそんなことがあったと想い出した。だが、それはまだ幼い頃の戯《ざ》れ言のようなものであった。

「志乃は、あれからずっとその言葉を覚えていたのか」

「一日たりとも忘れたことなどありません。余所《よそ》へ嫁げと勧められたら、私がどんな気持ちになるかご存じないのですか」

「いや、それは……」

「格之進様は、私が嫌いなのですか」

「そんなことがあるものか。藩で噂の美人なのだから、それがしにとっては高嶺《たかね》の花だと思っているのだ」

「もし、私を好いて下さるなら奥様にして下さい」

そう言われた格之進は、幼なじみだからと押さえていた封印が解け、志乃への想いがたちまち湧き上がった。

家に帰った格之進は、説得に失敗したことを両親に報告した。

「説得しに行って反対に説得されて帰って来るとは何事だ。馬鹿者が」

父の格右衛門は、烈火の如く怒った。だが、母の八重はにこやかに話を聞いていた。

再び、両家で相談することになり、ここまで思い合っているなら二人を一緒にするしかないだろうということになった。

格之進は、清らかな鈴虫の音を聞いて、その時のことを振り返りながら、碁盤に石を並べた。

秋になった。

その夜、格之進とお絹は、ちょっとした言い争いになった。

毎年中秋の名月には、萬屋では月見の宴を催すことになっていた。ささやかな宴があるので、源兵衛は格之進とお絹をそこに招きたいと申し出た。格之進は、ちょっと迷ったが、その招待を受けることにした。お絹は、それが不愉快だった。

「どうして、そのような安請け合いをするのですか」

お絹は、源兵衛に世話になり過ぎているのではないかと気にしていた。源兵衛がそうしたいというのは良く分かる。しかし、その好意に甘えてばかりでは肩身が狭い。そんな思いで月を眺めたところで楽しいはずはないのだ。

格之進は、源兵衛の誘いを二つ返事で受けたわけではなかった。お絹と同様の迷いがあった。しかし熟慮の末、お絹のためにも、月見の宴に行った方が良いと思ったのだ。

「第一、そのようなところに着ていく着物なんてありません」

ふくれっ面でお絹が、ぷいとそっぽを向いた。

「母上の反物があったであろう」

「あれは、母上の形見です」

お絹の気持ちが荒立った。その反物は一番大切な母の想い出の品だ。何があっても、この反物だけは側に置いておきたかった。どうしても立ちゆかなくなったもしもの時には、お米に替えなければならない日がくるかも知れない。だが、それまでは母の反物を守り続けたかった。

「いいから、志乃の反物で、お前の着物を作りなさい」

お絹は黙りこくったままだ。

格之進は静かに自分の気持ちを語り始めた。

江戸で暮らし始めてから、格之進は思ったほどの稼ぎを得ることはできなかった。暮らしは楽ではなかった。お絹の働きを当てにしなければならないという体たらくで、それが苦の種だった。

「納涼船で両国の花火を見た日、お前は心の底から楽しそうだった。あの時志乃と三人で幸せに暮らした昔を思い出した……」

お絹は、格之進の話を聞きながらまだ横を向いたままだ。

「今でこそいくらか楽になったが、江戸で暮らし始めてから、お前のために父親らしいことを何もしてやれなかった。それが情けないのだ……」

格之進が頭を下げると、やっとお絹が格之進を見た。

「そういう言い方は、およし下さい」

「美味い物でも食べれば気晴らしになる。ここは、ご好意に甘えよう。そのほうが、源兵衛殿も喜ぶ」

「でも、本当にあの反物を着物にしてもいいのですか」

格之進は大きく頷いた。

「きっと志乃も、そうして欲しいと願っているはずだ」

その言葉を聞いて、お絹は気持ちを固めた。


お絹は、母の遺した反物を着物に仕立てた。ひと針ひと針、在りし日の母を想いながら、心を込めて縫い上げた。

できあがった着物を持って、お絹は格之進と一緒に、帯を貸してもらうため半蔵松葉のお庚を訪ねた。

格之進は、お絹をお庚に引き渡すと、着付けが終わるまで茶屋で待つことにした。

半蔵松葉の奥座敷で、お絹は、お庚に着物を着せてもらった。

お庚は、締め終えた帯をぽんと叩いた。

「これでよし。古いけど、物は上等だからね。この着物に良く似合ってる。この帯はお絹ちゃんが使うといいよ」

「よろしいのですか」

「こんな年増《としま》にゃあ、もう派手過ぎるよ」

お絹は、嬉しそうに帯を撫でた。

「お絹ちゃん、こっちを向いてごらん」

お庚は、ちょっと恥じらってお庚の前に立った。

お庚は、お絹をまじまじと眺めた。

「ついこないだまでは色気より食い気だったのに、ちょいと見ないうちに、すっかり娘盛りだ」

お庚は紅《べに》を指に取り、お絹の唇に差してやった。

「好いたお人でもできたのかい」

たちまちお絹の顔が真っ赤になった。

「まさか、そんな……」

弥吉のことが心に浮かび、胸が高鳴った。

近頃は、弥吉が囲碁の稽古にやって来るのを待ちわびるようになった。

稽古が終わるとお絹は新堀川沿いの道を進み、菊屋橋まで弥吉を送って行くことにしていた。橋を渡って行く弥吉の姿を眺めていると、潮が満ちるように寂しさが押し寄せ、泣きたいような気持ちになった。

「好いた水仙、好かれた柳。お絹ちゃんの想うお人は、どこのどいつなんだか……」

そういいながら、お庚は、目の縁《ふち》にも薄く紅を引いてやった。

紅を差してもらったお絹は、麗しい娘になっていた。

自分の姿を鏡に映して眺めていると、部屋の外が何やら騒がしくなった。

お絹は、怪訝そうにお庚を見た。

お庚が襖を開けると、屈強な若い衆が、一人の遊女を引きずるようにして廊下をやって来るのが見えた。男は片手に、先の割れた竹の棒を手にして殺気立っていた。

遊女の髪は乱れ、着物は泥で汚れていた。その女は、惚れた男と一緒に足抜けをして捕まった桔梗《ききよう》という名の遊女であった。

お庚の顔を見たお絹は、はッとした。そこにいるのはいつものお庚ではなかった。厳しい目は、まるで夜叉《やしゃ》のようであった。お絹は、恐怖で身体が凍り付いた。

「一緒に逃げた男はどうした」

厳しい口調だった。

「へえ。ふん縛って、日本橋のたもとに吊《つる》しておきやした」

足抜けして捕まった遊女は妓楼に連れ戻されるが、男はこうして橋から吊されて三日間晒《さら》し者にされることになっていた。それでも、男はまだいいほうだった。遊女は、厳しい折檻《せっかん》を受け、時には命を落としてしまうこともあった。

桔梗の前でお庚は中腰になってその顔を覗き込んだ。

「足抜けしたからには、覚悟はできてるんだろうね」

桔梗は、悲鳴を上げようとしたが、あまりの恐怖に声にならず、ひいッと低く呻いただけだった。

「行灯部屋で仕置きしておやり。あとはお前に任せる」

「へえ」

若い衆は桔梗を抱えるようにして、廊下を去って行った。

お庚は、部屋に戻って、ぴしゃりと襖を閉めた。

「嫌なところを見せちまったね」

「いいえ……」

「ここは極楽みたいな所だけど、ひとつ裏に回れば地獄。因果な商売だよ」

そう言うお庚は、いつもの温厚な顔に戻っていた。

ほっとするお絹だったが、遠くから桔梗の悲鳴が聞こえて来た。行灯部屋で折檻されているのだろう、若い衆が打つ竹の音と悲鳴がない交ぜになってお絹の耳に流れてきた。

「さ、そろそろ行った行った」

お庚に送り出され、お絹は格之進と共に吉原を後にした。

格之進とお絹は、土手通りから馬道に出て萬屋に向かった。

昼下がりから雲行きが怪しくなっていたが、暮れ六つ近くになって、空は黒々とした雨雲に覆われてしまった。

萬屋に着いた格之進とお絹は、勝手口をくぐって家に入った。

土間から奥に声をかけると、間もなく弥吉が現れた。

お絹を見た弥吉は、驚いてその場に立ち尽くした。新しい着物を着て紅を差したお絹は見違えるように華やいでいた。

弥吉は、まじまじとお絹の姿を眺めた。

お絹は、含羞《はにか》んで顔を伏せた。

「それで、源兵衛殿は、どちらにおられますか」

そう言われて、弥吉は我に返った。

「あ、お待ち申しておりました。さ、どうぞお上がり下さい」

弥吉は、慌てて格之進を奥の広間に案内した。

廊下を進み広間の前まで来ると、源兵衛が部屋から出て格之進とお絹を出迎えた。

「お待ちしておりました。お絹さん、立派なお召し物で、まるで美人画から抜け出たようです」

案内された座敷は十畳と六畳二間続きの広間だった。ささやかな宴と謙遜していたが、そこには豪華なお膳が並んでいた。商売が大繁盛したので、いつもより盛大な招宴にしたということであった。

部屋の奥、中庭に面した濡れ縁には月見団子を載せた三方が供えられ、その横に薄《すすき》を挿した花瓶が置かれてあった。

だが、見上げてみても、黒々とした雲に隠れて月は見えなかった。

「折角お越し頂いたというのに生憎《あいにく》の空模様ですな」

そう言いながら、源兵衛は、格之進とお絹をお膳に案内した。徳次郎と弥吉など使用人たちも次々にお膳に着いた。

源兵衛が床の間の前に立って一同を見渡した。

「お客人もお見えになったことですし、そろそろ始めましょう。今日は、遠慮なくやって下さい」

源兵衛の発声で、一同が料理に箸をつけた。

酒が振る舞われ、酔うに連れ座が賑やかになった。酒に目がない番頭の徳次郎は、奉公人の利七や乙松に、ちろりから酒を酌がせて上機嫌だった。

格之進は、座敷に琴があることに気がついた。それは今は亡き源兵衛の妻が愛用していた物であった。

彦根の藩士だった頃は、母の八重や志乃の琴の音を聞いて暮らしていた。お絹も、志乃から琴の手ほどきを受けていた。

格之進は、お絹の琴を久し振りに聞いてみたいと思った。

「絹、源兵衛殿に、琴を弾《ひ》いて差し上げてはどうだ」

「でも、江戸に出て来てからは一度も触れてないのですよ」

お絹が、琴が弾けると知って、源兵衛もぜひにとせがんだ。

「それでは、今日の宴に招いて頂いた御礼に一曲。上手く弾けなくても、どうか笑わないで下さいね」

お絹は、琴爪《ことづめ》をつけて琴の前に座り、呼吸を整えてから弦《げん》を弾《はじ》き始めた。

美しい音色が、座敷に響き渡った。お絹の演奏は見事だった。

格之進は、お絹の姿に在りし日の志乃の姿を重ね合わせた。

琵琶湖に身を投げてしまう前に、どうしてひと言悩みを打ち明けてくれなかったのだろうか……。

お絹の弾く琴の音は、悲しみとなって格之進の心に染みこんでいった。

演奏が終わると、一同から盛大な拍手が湧きあがった。そして再び座が賑やかになった。

源兵衛と酒を飲んでいた格之進は、どこか妙な気分になった。源兵衛は、そわそわして落ち着きがなかった。

「どうしたのですか」

石を打つ手つきをして源兵衛が言った。

「そろそろ、いかがでしょうか。一局……」

恐る恐る探りを入れるような言い方が可笑しかった。

「そういうことでしたら、もっと早く仰ってくれればよろしいのに」

「それでは、よろしいのですね」

「もちろん」

源兵衛は、格之進を広間の外に案内した。

広い中庭に面した廊下を進むと、その先に離れが見えた。離れと母屋とは渡り廊下で繋がっていた。廊下には、格之進が揮毫した「捨小就大」の額が掲げられていた。その下を通り過ぎ、源兵衛に案内されて離れに入った。

室内は、豪奢な作りであった。中央には、見事な碁盤の上に碁笥が載せられ、盤を挟んで分厚い座布団が置かれてあった。

源兵衛は、今日の対局を待ちわびて、昨日からこの碁盤と座布団を準備していた。

「さ、こちらへどうぞ」

源兵衛は格之進を上座に座らせ、自分もその向かいに腰を降ろした。

格之進は、碁盤をまじまじと眺めた。榧《かや》の五寸盤で、盤上の木目は斜めにはしっていた。通常は柾目《まさめ》に切り出すものだが、この碁盤は四方木口《しほうこぐち》と呼ばれる木取りであった。

こうして切り出された碁盤は、四方の側面が、年輪の見える切り口、木口になっている。口が多いので食べる物に困らない、あるいは四方の口から災いを逃すといわれていた。ただし、こういう木取りは、通常の碁盤の一・五倍近い大きさの木が必要となるのでかなり値も張った。

「これはまた見事な四方木口……」

「贅沢をしました。碁は、私のたった一つの道楽でございますので」

「四方木口は、四方から災いを逃す魔除けの盤だとか」

「はい。縁起のいい碁盤ということで買い求めました」

格之進は、碁笥を畳に降ろし、手拭いで碁盤を乾拭きした。

「このような立派な碁盤で打つのは初めてです」

「私も初めてでございます」

意外な言葉だった。

「この人こそと思える、心の底から通じ合える碁敵が現れたら、その時はこれを使おうとかねてより用意しておりました」

「そうでしたか……」

「それでは、お願いします」

源兵衛は、碁笥から黒石を一つ摘まみ上げて、右上の隅の星のひとつ横、三線と四線が交差する小目《こもく》に打った。

格之進も、右下の小目に石を置いた。

二人は、囲碁の世界に沈み込んでいった。


その頃、広間の宴はたけなわ、一同が賑やかに飲んでいた。

徳次郎はかなりの酒を飲んだ。酒が好きなのはいいが、癖が悪かった。酔えば横柄になり、奉公人を捕まえては説教した。いつものことであったが、その夜も徳次郎は泥酔し、皆を辟易《へきえき》とさせていた。

説教の矛先が弥吉に向かった。弥吉が絡まれてお絹は癪に障った。睨み付けたが、酔眼朦朧《すいがんもうろう》の徳次郎はまるで気がつかず、ねちねちと小言を並べた。

「弥吉、元はお武家様かも知れないが、お前はもう商人なんだ。偉そうにしてないでもっと腰を低くしなきゃあいけないよ」

「偉そうにしているのは、番頭さんのほうじゃありませんか」

酒の勢いで乙松が茶々を入れた。

「何だとォ、いつ俺が偉そうにした。おいッ、乙松」

徳次郎は、乙松の前に立って杯を突き出した。

「生意気なことを言ってないで酒を注げ」

「もうたくさん召し上がりましたよ。番頭さん、今日はそれぐらいにしておいたほうがよろしいかと……」

「うるさい。お前はこの私に意見をする気か」

乙松を蹴ろうとした徳次郎だったが、足がもつれて畳に転んだ。その弾みに、お膳をひっくり返してしまった。皆がお膳を片付け、濡れた畳を拭いた。

「番頭さん、もうお酒はこれぐらいにしたほうがよろしいのでは……ずいぶん酔ってらっしゃいますよ」

「馬鹿野郎。これぐらいの酒で酔ってたまりますかってんだ。べらぼうめ」

畳に転がっても、徳次郎は喚き続けた。

そこに、利七がやって来た。

「番頭さん、淡路町の伊勢屋さんがお見えになりました」

伊勢屋の主人、喜助が、源兵衛に用立ててもらった五十両を返しに来たのだ。酔いつぶれた徳次郎では役に立たないので、弥吉は代わりに金を受け取ることにした。

弥吉は喜助から、組合の封をした五十両の小判を受け取った。

「確かに五十両。番頭の徳次郎が取り込み中ですので、代わりに私が受け取りを書きます」

弥吉は、筆を取って受け取りを書いた。

「用立ててもらったお金で大事にならずに済みましたと、源兵衛さんによろしく伝えて下さい」

喜助は、受け取りを懐にしまって萬屋を出て行った。

弥吉は、五十両を袱紗に包んで、格之進と源兵衛が対局する離れに向かった。

「失礼します」

と弥吉が部屋に入ると、二人は必死に手を読んでいた。

どうやら戦いは佳境に入っているようであった。

「淡路町の伊勢屋さんが、五十両を返しに来られました」

「そうかい」

源兵衛は盤面を睨んだまま言った。

弥吉が袱紗を渡すと、源兵衛は、それを受け取って膝の上に載せた。

「たしかに、お渡ししましたよ」

と言って弥吉が部屋を出て行ったが、源兵衛は上の空だった。

膝の上に載せた袱紗を握りしめたまま、次の手を読むのに没頭した。

なかなかいい手が思い浮かばないまま時が流れ、源兵衛は用を足すために席を離れた。

渡り廊下を進む源兵衛の頭の中は、次の一手をどうするかでいっぱいだった。

「シチョウとツケが見合いか……これはいかんな……ツケてノビてカカエれば出られる……カカエずにノビると……」

源兵衛は、ぶつぶつと呟きながら厠《かわや》に向かった。

十一　暗雲

へべれけに酔って、徳次郎は大鼾《いびき》で眠りに落ちた。

口やかましい徳次郎が寝たので、奉公人たちは誰に気兼ねすることもなく、愉快に酒を酌み交わした。

お絹が酒を勧めたが、弥吉は飲めないと断った。

「いいではありませんか。お月見なのですから」

「しかし……」

「さ、一杯だけでも……。どうぞ」

そこまで言われては断れず、弥吉は杯に酒を酌いでもらった。

美しい着物のお絹に注がれた酒を、弥吉は上気した顔で飲んだ。初めての酒だった。妙な味で、美味くはなかった。どうして男たちは、こんな物を喜んで飲むのだろうと不思議だった。

たった一口だけだったが、弥吉の顔は真っ赤になった。

乙松が、弥吉をからかった。

「弥吉さん、顔が真っ赤ですよ」

「私は、酒は飲めないのだ」

「いや、真っ赤になっているのは、お絹さんにお酒を酌いでもらったからでしょう」

奉公人たちが笑った。

その時、中庭が光り、遅れて雷鳴が轟いた。

間もなく、ざあっと、雨が降ってきた。

激しい雨に庭木が濡れ、雨粒が池を叩いていくつもの小さな波紋を作った。

「とうとう降ってきましたね」

「せっかくのお月見だというのに……」

お絹と弥吉は、恨めしそうに庭の雨を眺めた。

そこに、利七がやって来た。

「今度は、柳田様にお目にかかりたいと仰るお武家様がお見えになりました」

お絹は、訝《いぶか》しげに首を傾げた。

父に会いたいというお武家様とは誰だろう……。

弥吉が離れの格之進を呼びに行き、お絹はその侍が待つという内玄関に向かった。

内玄関で雨を払っていたのは、梶《かじ》木左《さ》門《もん》だった。

「左門様」

お絹は左門に駆け寄った。

左門は、進物番として格之進の下で働いていた藩士であった。今は江戸詰となり牛込《うしごめ》の下屋敷に住んでいた。

八兵衛長屋を訪ねると留守だったが、長屋の者から萬屋の月見に招待されていると聞いて、こちらに来たのだ。

お絹とは親しい関係であったが、こうして会うのは五年振りだった。

「お絹殿、お久し振りです。すっかり立派になられましたな」

そこに格之進がやって来た。

「左門、どうした。何かあったのか」

「狩野探幽の軸を進物蔵から持ち出したのは柴田《しばた》様でした」

「どうしてそれが分かったのだ」

「殿の使いで柴田様を訪ねた者が、隠し持っていた探幽の軸を見かけたのです」

やはりそうであったか、と格之進は得心した。

柴田兵庫《ひょうご》は、格之進より八歳年上の藩士だった。家は格之進よりも格上の中士だった。

同じ道場で直心影流《じきしんかげりゅう》の剣を学んだが、こちらは格之進のほうがずっと上だった。兵庫はそれが面白くなかった。家柄が低いのに殿の覚えめでたいことも癪の種だった。

そんなわけで、兵庫は格之進を目の敵にしていた。

兵庫は、藩で一番の囲碁の腕前で不思議な碁を打った。

囲碁は石の効率がいい四隅から打ち始められる。

「打ち出しはヘボといえども小目なり」という川柳にあるように、星の一路横の小目から打ち始める。星から打たれることはまずない。四線と四線が交差する星に石を打っても、その内側の三々に入られると簡単に隅で活きられてしまうからだ。

ところが、兵庫は星から打ち始めた。相手がもうひと隅の小目に打つと、最後の空き隅も星に打った。相手が小目からケイマに締まると、さらに辺の星に打った。三つの星がならぶ布石は異様だった。

定石外れの打ち方だったが、どうやってもそれを咎《とが》めることができなかった。

格之進は、先番で今までに数局打ったが、一度も勝つことはなかった。

兵庫はそれほど強かった。だが、打ち方は褒められたものではなかった。

最後の対局は六年前だった。その碁で諍いになった。

優勢になった兵庫は、嵩《かさ》にかかって攻め立てた。弱り果てた格之進の顔を見て冷笑し、居丈高に碁盤に石を叩きつけた。

格之進は、対局に嫌気が差し、非難がましく兵庫を見た。

兵庫は憤然《ふんぜん》とした。

「何だ、その目は。たかが進物番の分際で。少しばかり殿に気に入られているからといって図に乗るな」

そう言って兵庫は格之進の胸ぐらを摑んだ。

格之進がその手を払うと、血相を変えて刀に手をかけた。見物していた藩士たちが、慌てて止めに入った。

しかし、兵庫が刀を抜くと、藩士たちは飛び退《の》いた。

格之進に兵庫が斬りかかった。

刀をかわす格之進だったが、立て続けに斬り込まれて肩口を浅く斬られて、畳に転がった。と同時に、刀を抜いて横に払った。刃は兵庫の足を抉《えぐ》った。

兵庫が畳に崩れ落ちると藩士たちが駆けつけ、ようやく諍いが収まった。事件は喧嘩両成敗ということで、謹慎ひと月という軽い処分で済んだ。

格之進は浅手で、傷はすぐに癒えた。しかし、兵庫の傷は思いの外深く、それ以来軽く足を引きずるようになった。

兵庫はそのことで格之進を恨んでいた。そして、あらぬ嫌疑をかけるために探幽の軸を持ち出して殿に讒言したのだった。

「それで、柴田兵庫はどうしているのだ」

「出奔しました。信州沓掛宿《くつかけしゅく》でそれらしき男を見かけた者がおります。どうやら、賭け碁をしながら中山道《なかせんどう》を流れているようでございます」

「そうか」

「それで、柴田様の中間《ちゅうげん》を取り調べたところ、驚くべき事実が明らかになりました」

そこまで言って左門が言い淀んだ。

「どうした。言わぬか」

左門は、言いにくそうにお絹を見た。

察した格之進は、そろそろ座に戻ったほうがいいとお絹に言い、左門を促して外に出た。

驟雨《しゅうう》が叩きつける軒《のき》の下で、格之進は左門から話の続きを聞いた。

「それで、驚くべき事実とは……」

格之進が尋ねると、左門がやっと言葉を発した。

「柴田様は、柳田様の奥様に懸想《けそう》しておりました」

格之進は仰天した。

「柳田様に嫌疑がかかっていた頃、潔白を証明してやる代わりに身を任せろと迫り……」

左門は、そこでまた言葉を切った。

「それから」

左門は、口を噤んだままだった。

「言え」

語気に圧《お》されて、左門が意を決して語り始めた。

「柴田兵庫は、拒み続ける奥様を最後は力ずくで……奥様は、それを苦にされて琵琶湖に身を投げたのでございます」

志乃の死の真相を知って、格之進は、頭の中が真っ白になった。憤怒に身体が震えた。

「嫌疑が晴れ、殿も帰参を望んでおられます。すぐ国許《くにもと》に戻られて下さい」

動揺する格之進は言葉を失った。

激しい雨が軒を打ち続けていた。

「どうか藩にお戻りに……」

その言葉が言い終わらぬうちに、格之進が叫んだ。

「それがしは、帰らぬ。殿には、そのように伝えてくれ」

そう言い残して、格之進は屋敷に戻って行った。


格之進が離れに戻って、源兵衛との対局が再開された。

源兵衛が石を置いた。動揺する格之進は必死に怒りを怺《こら》えながら碁を打った。

「柳田様、どう致しました」

異変に気づいた源兵衛が怪訝そうに尋ねた。

「いえ、別に……」

格之進は、平静を装って答えた。だが、いくら抑えようとしても、心の奥から激憤が次々に沸き上がってきた。

源兵衛は、格之進の様子に驚いた。いつもは細かな変化まで慎重に手を読むが、今の格之進は良く考えもせず簡単に石を置いた。その手つきもいつになく乱暴だった。

表情は険しく、怒気を含んでいる。それが、石の運びにも現れていた。

初めての対局で源兵衛が打ったような碁を、今は格之進が打っていた。

「どうも、いけませんな」

源兵衛は、手にした石を碁笥に戻した。

「こんな碁は打ちたくございませぬ。この勝負は、このまま打ち掛けと致しましょう」

格之進は、無言で立ち上がり、静かに頭を下げた。

「柳田様、いったい何があったのでございますか」

源兵衛は、格之進の異変が不可解だった。

格之進は無言のまま部屋を出て行った。

この離れで碁を打ち始めた時はいつもの格之進だった。しかし、中座して戻ってからはまるで別人のようになっていた。源兵衛は、いったい格之進の身に何があったのだろうと心配でならなかった。

萬屋を出た格之進とお絹は、番傘を差し、提灯を持って八兵衛長屋に向かった。

格之進の足取りは重かった。

お絹は、格之進が気になった。萬屋を出てからひと言も発せず黙々と歩いていた。

「父上、探幽の軸の嫌疑が晴れたというのに、どうしてそんな暗い顔でずっと黙りこくっているのです」

お絹が尋ねても格之進は無言のまま歩みを止めなかった。

「左門様と一緒に表に出て行かれたようですが、どんなお話をされたのですか」

格之進は、志乃のことを伝えれば、お絹が傷つくだろうと思った。

「父上、いったいどうなさったのですか」

お絹は、格之進が何を隠しているのだろうかと気になっていた。

格之進は、歩みを止めた。お絹を傷つけたくはなかった。だが、何かあったに違いないと感づいているお絹に、志乃の死の真相を隠し続けるのも可哀想な気がした。

ばらばらと番傘を打つ雨の音を聞きながら、格之進は逡巡した。

そして、心を決めた。

「言うまいと思っていたのだが、やはりお前には伝えておこう」

雨の中、格之進はお絹に、志乃のことを包み隠さず打ち明けた。

長屋に帰った格之進とお絹は、これからのことを話し合った。

格之進は、草の根分けても出奔した柴田兵庫を探し出し、志乃の仇を討つつもりだった。そうして欲しいのはお絹も一緒であった。

しかし、旅に出るには色々と準備しなければならないものがある。編み笠や合羽、振り分け荷物の平行李、腹掛け、股引《ももひ》き、脚絆《きやはん》、草鞋《わらじ》、携行する品物も買わなければならない。これから寒くなるから綿入れも必要になる。それらを揃えるにはかなりの金が必要だ。だが、不甲斐ないが、今の格之進には、それを用意することができない。

「父上、これをお使い下さい」

と言って、お絹が小ぶりの財布を格之進の前に差し出した。

訝しげに格之進がそれを手にした。財布はずしりと重かった。財布を開けると、一分金や豆板銀などの小粒が入っていた。

その金は、暮らしをやりくりして、何かの時のためにと、お絹がこつこつ貯えた金だった。かなりの数があった。数えてみると三両と少し。これだけの金があれば旅の支度ができる。通行手形も、下諏訪《しもすわ》神社へのお詣りの旅ということにすれば何とかなるだろう。

仇討ちの旅などとても無理だと思っていたが、にわかに現実のものとなって、格之進の胸は高鳴った。

「この金を、旅のために使ってもいいのだな」

「はい。母上の無念を晴らし、必ずや本懐を遂げて下さい」

お絹は、潤んだ瞳で格之進に訴えた。

十二　濡れ衣

翌日、棋譜を片手に源兵衛が碁盤に石を並べていると、そこに徳次郎がやって来た。

「旦那様、ゆうべの五十両は、いかがなさいましたでしょうか」

「五十両というと……」

「弥吉が旦那様に渡したはずでございますが」

源兵衛はやっと思い出した。

「ああ、そうであった。淡路町の伊勢屋さんからの五十両、確かに受け取った」

「その五十両は、どこにございますでしょうか」

そう聞かれて、源兵衛は小首を傾げた。

「はて、どうしたかな。確かに弥吉から受け取って膝の上に載せたのだが……それから先はどうしたかな……」

囲碁に熱中していた源兵衛には、そこから先の記憶がなかった。

さっそく弥吉と徳次郎が、離れを調べた。部屋中くまなく探したが、どこにも五十両はなかった。

「旦那様がここを出た時は手ぶらだったそうだ。とすれば、この部屋で五十両が消えたということになる。ゆうべこの部屋にいたのは旦那様と、あとは柳田様だけだ」

弥吉は、驚いた。

「もしや、番頭さんは、柳田様を疑っているのですか」

「五十両に羽が生えてどこかに飛んで行ったというわけでもあるまい」

「柳田様に限ってそのようなことは……」

「だがな、人は見かけによらぬもの。そもそも、あのような食い詰め浪人になったのも、他人には言えないしくじりがあってのことじゃないのか」

「柳田様のお人柄は、番頭さんも良くご存じではありませんか。あれほど真っ直ぐなお方が、旦那様のお金に手をつけるはずはございません」

弥吉はつい大声になった。

「しかし、現にあの五十両はこの部屋で消えたのだぞ。お前が届けてから、金が消えるまで、この部屋にいたのは二人っきり。旦那様が知らないというなら、五十両の行方を知っているのは柳田様だけだ」

格之進を信じる弥吉も、そう言われると返す言葉がなかった。

「もし五十両が出て来なければ、柳田様もお調べを受けることになるのだぞ」

「お調べとはどういうことですか」

「こういう時はお奉行様だけが頼りだ」

「お上に訴えるというのですか。番頭さん、いくら何でもそれは……」

「ともかく、柳田様に、五十両のことを尋ねてみなさい」

「私が、ですか」

「お前のほかに誰がいる。頼みましたよ」

有無を言わせぬ口調でそう言い、徳次郎は部屋を出て行った。

弥吉は、大変なことになってしまったと困惑した。


朝早く、腰高障子を叩く音がした。

「柳田様、いらっしゃいますでしょうか」

格之進は、その声で目覚めた。声の主は弥吉だった。こんなに朝早くから、何の用だろうと思いながら、心張り棒を外して戸を開けた。

「弥吉、どうしたのだ」

「ちょっとお話が」

「話とは……」

弥吉は、言いにくそうに部屋の奥を見た。

物音でお絹も目を覚ましている。

「ちょっと、よろしいでしょうか」

促されて格之進は、表に出た。

お絹は、いったい弥吉はどんな用事でこんな時刻にやってきたのだろうと思いながら、寝乱れた髪を直した。

米を研ごうと水屋に向かうと、表から父の怒声が聞こえてきた。

「無礼者」

いつになく大きな声であった。

慌てて表に出ると、井戸端で、格之進が弥吉に食ってかかっていた。

「弥吉、お前はそれがしが、あの五十両を盗んだと言うのか」

「いえ、盗んだと申しているのではございません。ただ、何かの思い違いで、お持ち帰りになられてはいないかと……」

「痩せても枯れてもそれがしは武士だ。たとえどんなに窮しても、人様の物に手を付けるほど落ちぶれてはおらん」

「ごもっともでございます。ですが、十両で首が飛ぶのです。五十両というのは大金です」

「それがどうしたというのだ」

「お金が出てこないとなると、お奉行様に訴え出なければなりません」

「お上に訴えるというのか」

「はい」

「源兵衛殿が、そう言っているのか」

「いえ、番頭さんがそのように申しておりまして……」

話を聞いていたお絹が、弥吉の前に進み出た。

「弥吉さん。あなたは、父上がその五十両を盗ったというのですか」

「いえ、それは……」

「あなたは、本当に父上がそのようなことをしたと思っているのですか」

弥吉は何も言えず、ただ顔を伏せたままであった。

「私は弥吉さんを見損ないました。もう顔も見たくありません」

お絹の剣幕に、弥吉はやり切れない気持ちでその場を去った。


格之進は、激しく動揺した。

貧しい暮らしを送っているが、絶対に曲がったことはせず、無欲で生きてきた。その自分に、まさか金を盗んだという嫌疑がかかるとは思ってもみなかった。

奉行所に訴えると騒いでいるのは萬屋の番頭だというが、源兵衛殿は、金がなくなったことをどう思っているのだろうか。それがしを不審に思って弥吉を使いに出したのだろうか。

源兵衛殿とは、囲碁をきっかけに親密な間柄になった。碁敵としていい交友を続け、刎頸《ふんけい》の友となれたと思っていた。その源兵衛殿が、それがしを疑うとは思えない。しかし、こうして弥吉が五十両の行方を問い質しに来たからには、やはり、源兵衛殿もそれがしを怪しんでいるのだろう。

格之進の源兵衛への信頼は、潮が引くように消えていった。

だが、このような時に、旅に出るわけにはいかなかった。このまま旅に出れば、五十両を盗ったから逃げたのだと思われてしまうからだ。

「ともかく、しばらく様子を見ることにしよう。旅に出るのはそれからだ」

お絹は、格之進に振りかかった疑惑を心配した。このような形で源兵衛との関係が終わってしまうのは仕方ないとしても、五十両の嫌疑をどのようにしたら晴らせるのだろうかと、そのことばかり考えていた。

「案ずるな。身の潔白はいずれ明らかになる」

格之進は、自分は潔白なのだから、月日が経てば嫌疑は必ず晴れるに違いないとお絹に言い聞かせた。

「でも、弥吉さんは、お奉行様に訴えると……」

そう言われて格之進は暗澹《あんたん》たる気持ちになった。

たとえ一時でも、縄の辱めを受けたくはなかった。訴えられれば、取り調べを受けることになる。こちらは尾羽うち枯らした浪人の身だ。いくら潔白だと言い通したところで、それで無罪放免になるほど甘くはない。

調べられれば、狩野探幽の軸を持ち出したという理由で藩を出たという過去も明らかになるかも知れない。そうなれば、やはり五十両に手をつけたということにされかねない。無実であっても罪人になってしまうのは良くあることだ。あの離れにいたのが己《おの》が身の不運……。

格之進は途方に暮れた。

深夜、蒲団に入った格之進は隣のお絹を見た。お絹は、すやすやと眠っていた。寝息を確かめてからのそりと起き上がり、行灯に火を入れた。

格之進は、脇差しを手にすると、行灯の脇に座った。

脇差しを抜き、刀身に丁寧に打ち粉を打った。

白い打ち粉を和紙で拭き取り、刃を行灯の光に翳《かざ》した。ぎらりと刀身が光った。手入れを終えた刃は、丁子《ちょうじ》油を薄く塗られて静かに鞘に収った。

格之進は、身の潔白を証明する方法を一日中考え続けた。そして、切腹という答えに行き着いた。浪人に身をやつしているがこれでも武士だ。潔白を訴え、武士としての意地を貫くにはそれしか方法はなかった。

脇差しの手入れを終えて、格之進は井戸端に出た。水を汲んだ盥《たらい》を地面に置き、近くに転がった樽に腰を降ろして諸肌を脱いだ。手拭いを冷たい水に浸して絞り、静かに身体に当てた。

路地を照らす月明かりを浴びながら、格之進は淡々と身体を清めていった。

穏やかな顔であったが、その目には強靱な決意が宿っていた。


朝になってお絹が目を覚ますと、格之進はもう起きていた。

格之進は、手紙を書き終えたところであった。

「今日はずいぶんお早いのですね」

「絹、ちょっと頼みがあるのだが……」

「何でございますか」

「これを、半蔵松葉のお庚さんに届けてくれぬか」

格之進は、手紙をお絹に渡した。

手紙の表には、お庚殿、という宛名があった。

「お庚さんにどのような御用です」

「なあに、用というほどのことでもないのだが……」

格之進は、言葉を濁した。

お絹は、訝しげに格之進の顔を窺った。

「……詰め碁をいくつか欲しいと頼まれたのだ」

お絹は、何か心に引っかかるものを感じながら、その手紙を受け取った。

「そうですか」

格之進からお庚への手紙を預かって、お絹は、割り切れないものを感じながら新堀川沿いの道を歩いた。

昨日、消えた五十両のことで悩んでいたのに、今朝起きてみると、父上は、そんなことなどなかったかのように泰然としていた。あれだけのことがあったのに、たった一晩でけろりとしているのは何故だろう……。きっと何かあるに違いない。あれこれと推量するうちに、次第に不吉な考えが忍び寄ってきた。よくは分からないが、何か悪いことが起こるのではないか……。

菊屋橋に差しかかったお絹は、嫌な予感に耐えられず、いけないとは思いながら、懐の手紙を広げた。

そこには、「故あって切腹致すことと相成り候。不躾とは重々承知ながら、一人遺る絹の身の上を託したく一筆認《したた》め候……」という文字で始まる文章が認められていた。

お絹は、はッと胸を衝《つ》かれ、弾かれたように踵《きびす》を返して走り出した。

息が切れて苦しくなった。だがお絹は、一刻も早く戻らなければと、死に物狂いで走り続けた。

格之進は、志乃の位牌に手を合わせた。

そして、部屋の中央に正座し、その前に置かれた脇差しを手にした。

脇差しを引き抜き、刃に懐紙を巻いた。

着物の前を開き、懐紙で巻いた刃先を腹に当てた。

その刹那、乱暴に戸が開いて、お絹が飛び込んで来た。

「父上ッ」

お絹は、格之進に飛びつき、荒い息のまま、その身体にしがみついた。

「どうぞお留まり下さい」

「放してくれ。こうするしかないのだ」

「いいえ、放しませぬ。このようなことをしても、世間は、やはり五十両に手をつけたから腹を召されたのだと、そのように噂するだけではありませんか」

お絹は泣きながら訴えた。

「母上の仇も討たず、濡れ衣を着せられたまま身罷《みまか》ってしまうというのですか」

お絹の涙に、格之進は動きを封じられてしまった。

格之進の手から脇差しを取り上げると、お絹は、それを壁際に放り捨てた。

「どうしても死ぬというなら、この私を殺してから腹を召されて下さい」

格之進は、着物の前を合わせ、お絹に向き合った。

「しかし、汚名を着たまま、おめおめと生きて行くことはできぬ」

重苦しい空気が流れた。

じっと座ったまま沈鬱な顔で何かを考えていたお絹が、すっと立ち上がった。

「父上の汚名を濯《そそ》ぐことができればよろしいのですね」

そう言って、お絹は下駄を突っかけて表に飛び出して行った。

十三　お絹の覚悟

お絹は、出て行ったっきり、そのまま帰って来なかった。

夕方になっても帰って来ないので、心配した格之進は、長屋の連中に尋ねてみた。

だが、お絹を見かけた者は誰もいなかった。

「なあに、すぐに帰ってきますよ」

格之進をお時が慰めた。だが、格之進の心配は消えなかった。

日が暮れても帰って来ないので、格之進は不安になった。

絹はどこで何をしているのだろう……。

あれこれと考える格之進は、不吉な予感に襲われた。

もしや、早まったことをしたのでは……。

格之進は、不安に襲われながらまんじりともせず一夜を過ごした。

座ったままうとうとしていた格之進は、戸を叩く音で目を覚ました。

「失礼しますよ」

そう言いながら入って来たのはお庚だった。

「お庚さん、どうしてここに」

「お絹ちゃんは、私が預かっています」

「そうでしたか。ありがとうございます。ずっと案じておりましたが、そのようなことなら安堵致しました」

「何を暢気《のんき》なことを仰っているのですか」

お庚は、呆れたように格之進を見た。

「お絹ちゃんは、親子の縁を切って欲しいと言っているのですよ」

格之進は、どういうことだろうと思った。

「どうしてお絹ちゃんが私のところに来たか、お分かりにならないんですか」

そう言われても、格之進には分からなかった。

お庚は、お絹がやって来た事情を伝えた。

「お絹ちゃんは、遊女にしてくれと言いに私のところに来たんですよ」

格之進は愕然とした。

お庚はお絹に、ここがどういうところか分かっていてそんなことを言っているのかと聞いてみた。

お絹は、良く存じ上げておりますと答えた。思い詰めた顔でそう言うお絹に、いったいどういうわけがあるのかと尋ねてみた。

お絹は、格之進の濡れ衣を晴らすために五十両という金が必要なのだと、事の次第を伝えた。

「柳田様、私は八つで吉原に売られたんですよ」

お庚は、身の上話を語り始めた。

下野《しもつけ》の水呑百姓《みずのみびゃくしょう》の子だったお庚は、飲んだくれの父親に、たった三両で女衒《ぜげん》に売られた。吉原へ行けば毎日白いおまんまにありつけるし、綺麗な着物も着られると言われ、その言葉を信じて物見遊山に行くような気分で吉原にやって来た。

しかし、そこは地獄のようなところであった。朝から晩まで働きづめで、蒲団に入って眠りにつくまで気の休まることはなかった。

禿《かむろ》から遊女になったが、仲間の遊女は惚れた男と心中したり、梅毒を患ったりして次々に命を落としていった。あまりのつらさに、いっそ死んで楽になろうと思うこともあった。だがお庚は、歯を食いしばり、遊女として生き残るために、読み書き、茶道、和歌などを懸命に学んだ。

こうして、お庚は、今日まで吉原で生き抜いてきた。

「吉原に売られてから、私は毎日、飲んだくれの父親を恨みながら、鬼のような心で生きてきたんです。ところが、そんな私と違ってお絹ちゃんは、父親のために郭に身を沈めようとしているんです。自分から女の幸せを捨てようというんですよ」

お庚は、こんなことをして、本当にいいのか、後悔しないのかと、最後にもう一度念を押した。

「父上の汚名を濯ぐためならどんなことも厭《いと》いませぬ。絹は武士の娘でございます」

お絹は、きっぱりそう言い切った。

格之進は、奥歯を嚙みしめながらその言葉を聞いた。

「その心意気に、私は負けました。いえ、お絹ちゃんに惚れたんです」

お庚は、格之進の前に五十両を差し出した。

「お絹ちゃんが覚悟を決めて用立てた五十両です」

格之進は、お絹の決意を重く受け止めた。

「大晦日までに五十両をお返し下されば、お絹ちゃんは無傷でお返しします……ただし、こちらも商売。大晦日を一日でも過ぎたら、その時は私は鬼になります。お絹ちゃんを店に出しますよ」

その物言いは、いつもの人のいいお庚のものではなかった。

「お絹ちゃんの気持ち、どうか無にしないで下さいな」

お庚は、半蔵松葉の大女将として、貫禄《かんろく》のある声でそう言い残して長屋を出て行った。

格之進は、五十両を握りしめた。その胸は、苦しみに押し潰されそうだった。

その夜、弥吉は、帳場の行灯の脇で一人算盤を弾いていた。帳面が合わなかったのだが、やっと算盤の間違いだと分かった。帳尻が合ってほっとしたところに、乙松がやって来た。

「柳田様がお見えになりましたが……」

「こんな夜更けにどのような御用で」

「さあ……どうやら、お金を返しにいらしたようですが……」

「すぐにお通しして下さい」

やがて、乙松に案内されて格之進が現れた。

格之進は、弥吉の前に進み出た。

弥吉は、緊張して格之進を迎えた。

格之進は、弥吉の前に五十両の小判を置いた。

五十両を見た弥吉は、金が戻ったのでほっとした。と同時に、不思議に思った。謹厳実直な格之進が、五十両に手をつけるはずはないと信じていたからだ。格之進が五十両を返しに来るとは思っていなかった。

「確かに五十両。ただ今、受け取りを書きます」

「そのような物など要《い》らん」

静かだが、憤りに満ちた声であった。

「天地神明に誓って、それがしはあの金を盗ってはおらん。盗っておらぬのだから、金は必ず出てくる」

いつになく厳しい口調に、弥吉は、格之進はあの五十両を盗ってはいないのだと直感した。

「弥吉、金が出て来て、それがしの身の潔白が明らかになったらどうする」

「その時は、いかようにも……」

「ならば、お前の首をもらい受けるがそれでも良いか」

首を斬られるのは恐ろしかった。しかし、武士である格之進にこのような嫌疑を掛けてしまったからには、いかなる責めも負わなければならないと思った。

「よろしゅうございます」

「それがしに嫌疑をかけたからには、一緒に源兵衛殿の首をもらい受けるが、良いな」

「いかようにも……」

「聞けばお前は、武士の子に生まれたそうだな。侍の子なら、その言葉に二言はないな」

「もちろん、二言はございません」

「その言葉、忘れるでないぞ」

格之進は、怒りに満ちた目で弥吉を一瞥《いちべつ》して店を出て行った。

弥吉は、大変なことになったと懊悩した。

やはり、柳田様はあの五十両を盗ってはいなかったのだ。もし五十両を持ち去っていたのなら、わざわざこうして返しに来るはずはない。

弥吉は、辛い気持ちで五十両を帳場の箪笥にしまい、行灯の明かりを消した。

翌日、弥吉と徳次郎は、源兵衛に格之進が五十両を持って来たことを報告した。

「旦那様、伊勢屋さんの五十両が出ました」

「そうですか、出ましたか」

「はい」

「だから言わんこっちゃない。それで、どこから出たのですか」

「柳田様がお返しに参りました」

源兵衛は、怪訝そうな顔をした。

徳次郎は、これまでのいきさつを説明した。その報告を聞いて源兵衛は激怒した。

「弥吉、柳田様のところに掛け合いに行く馬鹿がありますか。あの五十両は私の金ですよ。商いの金ではないと言ったではありませんか」

源兵衛は、自分にひと言の断りもなく、掛け合いに行ったことが腹立たしくて仕方がなかった。

「お前たちは、いったい何ということをしてくれたのですか。主人想いの主人倒しというのはお前たちのことです」

「ですが、現にこうして五十両が戻ったのですから」

徳次郎は、盗られた金が戻ったのだからそれでいいのではないかと思っていた。

「柳田様がそのような品性下劣なことをするなど、万に一つもあるものですか」

「しかし、人間というものは、ふとした弾みで了見が変わることもございます」

徳次郎の言葉は、源兵衛の怒りをさらに煽《あお》った。

「よしんば柳田様が持ち帰ったのだとしても、よくよくのことがあったのだろう。あの五十両を役に立ててもらえるなら、私は喜んで差し上げるつもりです」

「それでは帳面が合わなくなります」

「そんなことはどうにでもなるでしょう。帳面に私の小遣いとして付けておけばそれで済むことではありませんか」

激昂する源兵衛の前で、徳次郎と弥吉は身体を丸めた。

「とすれば、こうしてはいられない」

源兵衛は、あたふたと外出の支度を始めた。

「旦那様、どうなされたのですか」

徳次郎が恐る恐る尋ねた。

「決まっておるだろう、柳田様に五十両をお返しして、お詫びするのだ」


さっそく源兵衛は、徳次郎と弥吉を伴って萬屋を出た。一刻も早く行かなければと、小走りに八兵衛長屋に向かった。

木戸をくぐって長屋に入ると、格之進の家の前に人だかりがあった。大家の八兵衛、秀、留吉、お時など、長屋の住人が集まっていた。

「どうしたのですか」

源兵衛が八兵衛に尋ねた。

「どうもこうも。これを見て下さいな」

源兵衛が、住人たちをかき分けて前に出た。

腰高障子に、墨痕鮮やかな格之進の張り紙があった。

源兵衛は、張り紙を読んだ。

「大家八兵衛殿。故あって、急遽転居致すことに相成り候。道具万端は、今までの御礼としてお納め願いたく候。柳田格之進」

張り紙を読んだ源兵衛が、消沈して呟いた。

「遅かったか……」

弥吉は、どういうわけで格之進とお絹が消えたのかは分からなかったが、五十両の嫌疑をかけたことが原因でこのようなことになったに違いないと思っていた。


夜になり、吉原遊郭に明かりが灯った。田圃の中、お歯黒どぶの黒塀で囲まれた遊郭は、そこだけが闇に浮かび上がる桃源郷だった。

吉原の仲の町は多くの客が引きも切らず、遣り手の声が飛び交って、昼とは打って変わった煌《きら》びやかさであった。

仲の町を左に折れた江戸町二丁目に、旅姿の格之進の姿があった。

萬屋に五十両を叩き返してから、格之進は旅の支度を調えた。

江戸を離れる前に、ひと目お絹の姿を見ておきたかった。できることなら、直に会って五十両の礼を言いたいと思った。しかし、お絹に申し訳なく、会わせる顔がなかった。そこで、こうして遠くから半蔵松葉に手を合わせてから旅に出ようと、吉原にやって来たのだった。

茶屋の陰から半蔵松葉を眺める格之進は、思わず息を飲んだ。

二階の窓に、お絹とお庚が現れた。お絹は、客で埋め尽くされた華やかな通りを、珍しい物を見るように輝く瞳で眺めた。

お絹の隣に立つお庚が格之進に気づいた。

格之進と視線がぶつかると、お庚はすっと障子を引いた。

物陰から眺める自分を、きっとお庚は未練がましい男だと思ったろう……。

格之進は、自分を恥じて踵を返した。

大門の手前まで来て、格之進は自分を呼び止める声に立ち止まった。

「旦那、お待ち下さい」

見ると、むくつけき男が格之進の前にやって来た。

「お主は」

「へえ。半蔵松葉の妓夫太郎でござんす」

妓夫太郎が自分に何の用だろうと怪訝に思っていると、江戸町二丁目の小路から お庚が仲の町に出て来た。

お庚は、格之進の前までやって来ると、

「お絹ちゃんは、母上の仇を討って欲しいとそれだけを願っています。どうぞ本懐を遂げて、奥様の無念を晴らして下さいな」

と言って、格之進を見つめた。

「どんなことがあっても、必ずここに戻って来て下さいよ」

お庚は、心の底から格之進の身を案じた。

格之進は、お庚に深く頷いた。

「お庚さん、絹をよろしくお願いします」

そう頼んで、格之進は大門に向かった。

「柳田様、道中ご無事で」

格之進はお庚の声を背中に聞きながら、大門を出て吉原を後にした。

翌日、源兵衛は、奉公人たちに格之進を探すよう命じた。

格之進を見つけ出した者には、十両という賞金を出すというので、奉公人たちは色めき立った。

さっそく奉公人たちは、江戸中をかけずり回って格之進の行方を探った。しかし、格之進の所在に関する手がかりは何一つ摑めなかった。

どこへ消えたかさっぱり分からず、源兵衛は苛立った。

「どんなに江戸が広いといえども、八百八町隅から隅まで当たってみれば必ず見つかるはずではありませんか」

そう言って奉公人の尻を叩いたが、格之進の行方は杳《よう》として知れなかった。

源兵衛はあたふたして、霊験あらたかと江戸で評判の神社仏閣を巡り、どうかもう一度格之進と会わせて下さいと手を合わせた。

それでも見つからないので、今度は名のある易占に通って、どちらの方角に格之進がいるのかと占ってもらった。

格之進の身を案じる源兵衛は、碁を打つことも酒を飲むこともなくなり、日に日にやつれていった。源兵衛は生気を失い、日がな一日奥座敷の長火鉢の前に座ったまま、ぼんやりするようになった。

「こうして何もせず、ただ座ってばかりではお身体に障ります。気晴らしに材木町の碁会所にでも行かれてはいかがですか」

見かねた弥吉が声を掛けても、源兵衛はとても碁を打つ気にはなれず、虚ろに宙を眺めるばかりだった。

得がたき友を失った寂しさは、源兵衛の心から生きる喜びを奪い去っていた。時が経つにつれ、奉公人たちは格之進を探す意欲を失った。いくら探し回ってもまるで行方が知れなかったからだ。

「柳田様とお絹さんは、今頃どこでどうしておられるのだろうな」

「ここまで探しても見つからないのですから、柳田様は、おそらくお絹さんと一緒に江戸を離れてしまわれたのではないでしょうか」

徳次郎に言われて、源兵衛はますます消沈した。

弥吉と徳次郎は、ふさぎ込む源兵衛をそのままにして帳場に戻った。

帳面を広げた徳次郎が、独り言のように呟いた。

「柳田様は、あの様なことをしでかして旦那様に合わせる顔がなく、それで行方をくらませたのだろうな」

「番頭さん、柳田様は、五十両に手をつけてはおりません」

弥吉は、訴えるように徳次郎に言った。

「弥吉、お前は何を言っているのだ。現に柳田様は、こうして五十両を返しに現れたではないか」

「そうですが、萬屋に返しにお見えになった時の柳田様は、絶対にそのようなことはしていないご様子でした」

「言葉だけならどうとでも言えるではないか」

「お侍が盗人の嫌疑を掛けられるというのは、耐えがたい屈辱でございます。きっと無理をして五十両を用意したのではないでしょうか」

「弥吉、ならば柳田様が持って来た五十両はどのような金なのだ。裕福ではないから、自分で五十両を用立てることはできるはずはないぞ」

「それは……しかし、柳田様に限って、そのようなことをするはずはありません」

「お前が柳田様を信じたいという気持ちは良く分かる。だがな、どんな人間にも魔が差すことはあるのだぞ」

「どんな事情があるにせよ、私は柳田様を信じております」

依怙地な弥吉をちらりと見た徳次郎は、溜息を洩らして帳面を捲った。

時が経つとともに、格之進を失った源兵衛の寂しさは徐々に癒えていった。

まだ石や杯を持つ気にはなれなかったが、源兵衛は、少しずつ仕事に励むようになっていった。

徳次郎や弥吉は、格之進の名前を出せば源兵衛が落ち込むだろうと心配し、努めて柳田親娘の話に触れないように心がけた。

しかし源兵衛は、離れの四方木口の碁盤を見るたびに、格之進のことを思い出していた。忘れようとしても、生涯忘れることのできない碁敵であった。

萬屋は、相変わらず繁盛していた。そもそも、これほどの商いをするようになったのは、格之進と出会った源兵衛が、鬼から仏へと心を入れ替えたからであった。

格之進の人柄に触れ、立派なお方だと感服し、少しでもそのような人間になりたいと思ったから今の萬屋があるのだ。

源兵衛は、格之進への感謝の気持ちだけは失うまいと心に誓った。

十四　中山道

編み笠を被り、縞の合羽を羽織った格之進は、板橋《いたばし》宿から街道に入り、蕨《わらび》宿、浦和《うらわ》宿、大宮《おおみや》宿、上尾《あげお》宿、桶川《おけがわ》宿と中山道を北西に進んだ。

沓掛宿で柴田兵庫を見かけたというが、中山道を流れているらしいから、いつまでも同じ宿場にいるはずはない。彦根を出奔したというから、おそらくは江戸に向かって街道を進んでいるのだろう。

格之進は、兵庫とすれ違うことがないように、辺りに注意を払いながら街道を進んだ。

宿場に入れば、旅籠《はたご》や料理屋で書や篆刻の注文を伺いながら、兵庫に関する話を聞いた。兵庫が訪れた形跡がないということを確かめてから次の宿場に向かった。

格之進は、書を書いたり篆刻を彫ったりしながら旅を続けた。長屋暮らしをしていた頃は、料理屋や商家の主から書や篆刻の注文が舞い込んだ。だが旅をしていると、注文はなかなかもらえなかった。格之進のような無名の者の書や篆刻を求めようという奇特な者はほとんどいなかった。

運良く仕事にありつけて旅籠に泊まれるのは希だった。格之進は、もっぱら木賃宿で自炊をしたり、粗末な一膳飯屋に入って空腹を癒やした。

必ずや柴田兵庫を探し出して志乃の仇を討つのだという決意で、格之進は厳しい旅を続けた。

鴻巣《こうのす》宿、熊谷《くまがや》宿、深谷《ふかや》宿、本庄《ほんじょう》宿、新町《しんまち》宿、倉賀野《くらがの》宿と進み、兵庫が立ち寄りそうな場所を訪ねてみたものの、手がかりはまったく摑めなかった。

高崎《たかさき》宿は大きな城下町であった。

江戸と身紛うような大通りには立派な商店が軒を連ねていた。

そこを訪れた格之進は、俳諧を嗜《たしな》むという油問屋の主人から篆刻の注文を受けた。

格之進は、店の一室で篆刻を彫り、半日足らずで主人の名前を彫った。

篆刻の見事な仕上がりに喜ぶ主人に、格之進は賭け碁のことを尋ねてみた。

高崎でも囲碁は盛んであった。油屋の主人はほとんど碁を嗜まなかったが、金銭を賭けて勝負する者は多く、今日も料理茶屋の二階で碁会が開かれていると教えてくれた。

格之進は、さっそくその料理茶屋に出かけてみた。

流れ者の格之進は胡散《うさん》臭い目で見られたが、油問屋の主人の紹介だと言うと座敷に上がることができた。

十畳二間ぶち抜きの広間に、数面の碁盤が並べられ、そこで碁が打たれていた。

商家の旦那衆や武士が、町人に混じって石を握っていた。

格之進は座敷をゆっくり進み、一人ずつ顔を確かめた。

だが、兵庫はいなかった。

この会で一番の打ち手と目される侍の対局が終わり、格之進が声をかけた。

「失礼ながら、お尋ねしたいことがございます」

格之進は、江州彦根藩の元藩士の柴田兵庫という男を探していると言った。なかなかの碁の打ち手で、六尺を越える大男で片方の足を軽く引きずっていると伝えた。

侍は、そのような者は見かけたことはないと返答した。近くの者たちに尋ねてみたが、兵庫らしき男を見かけた者は誰もいなかった。

格之進は、碁会の邪魔をしたことを詫びて、料理茶屋を後にした。

それほど簡単に兵庫が見つかるはずもなかった。

中山道はおよそ百三十里。格之進は長旅になるだろうと腹を括った。


高崎宿から西に向かい、板鼻《いたはな》宿、安中《あんなか》宿、松井田《まついだ》宿、坂本《さかもと》宿を過ぎた。

書と篆刻の注文を伺い、碁会を覗いて兵庫を探し求めた。

坂本宿を過ぎて中山道最大の難所である碓氷《うすい》峠に入った。

格之進は、九十九《つづら》折りの険しい坂道に差しかかった。

神無月に入り風は冷たかった。坂道を上り続けると、さらに冷え冷えとした。

しかし、坂道の険しさで身体は温まり、うっすらと汗が滲んだ。

登るにつれ、紅葉の樹木の彩りが濃くなっていった。

格之進は、紅葉の枝の下、シジュウカラの啼《な》き声を聞きながら峠を目指して街道を登り続けた。

碓氷峠の頂上に着くと、景色が一気に拓けた。

雲一つない秋晴れであった。

浅間《あさま》、妙義《みょうぎ》連峰、八ヶ《やつが》岳《たけ》を一望する絶景に、格之進は息を飲んだ。

ここから坂道を降りれば、すぐ軽井沢《かるいざわ》宿。沓掛宿は、そこから目と鼻の先であった。

軽井沢宿を過ぎて沓掛宿に到着する頃には、もう陽が落ちようとしていた。

格之進は、木賃宿に投宿してから、夕食を摂りに一膳飯屋に入った。

座敷で食事をする格之進の横で、二人の男が、三味線を脇に置き、上機嫌で酒を飲んでいた。門付《かどづ》けをしながら諸国を流れている津軽の三味線弾きだった。一人はまったく目が見えずもう一人もかなり目が悪いようであった。

「ここだば、ほんとにいい町だべ。大っぴらに博打が打てるんだがら」

「んだ、んだ。こんたに稼げるがら、馬鹿臭くて門付けなんかしてられねえじゃ」

男たちは、笑いながら酒を呷った。

どうやら、沓掛の賭場でわずかの金を儲けたらしく上機嫌だった。

「今日は小便くせえ場末の博打場だったども、もっとでっけえ金が動く賭場もあるって話だ」

「俺も聞いた。何でもこないだは碁の凄え博打の会があって、金がしこたま動いたってな」

格之進は、男たちに、その博打の会はどこで開かれたのかと尋ねてみた。

「ただの聞いた話だ。俺がたは碁将棋は打でねえから」

男たちの返答はあっけなかった。

だが、碁会があったことが分かっただけで充分だった。

翌日、格之進は、碁会について調べてみた。狭い宿場町だったのですぐに分かった。

沓掛宿本陣の主人、土屋《つちや》孫左衛門《まござえもん》もその碁会に参加していたというので、家を訪ねてみた。

格之進は、さっそく兵庫のことを尋ねた。

兵庫らしき男が碁会に参加していた。人相や背格好は兵庫と酷似していた。だが、孫左衛門はその男とは対局していなかった。とてつもなく強い者がいると聞いて、対局しているところを見ただけであった。

「身の丈六尺の大男で、片足を悪くしているので軽く引きずっておるはずなのですが」

孫左衛門は、足を引きずっているかどうかは分からなかった。だが、座っている姿だけでも確かに大男であった。以前も沓掛宿の碁会に現れたことがあって、何人か地元の顔なじみもいるということであった。

孫左衛門の話だけでは、茫洋《ぼうよう》としてはっきりしなかった。

「そういえば……」

思い出したというような顔で、孫左衛門が話し始めた。

「碁会が終わってから、その男から掛け軸を買ってくれぬかと持ちかけられました。沓掛宿の本陣なら、それにふさわしい軸が必要でしょうと」

「それで、その軸とは……」

「狩野探幽の軸を持っていると申しておりました」

探幽の軸と聞いて、格之進は興奮した。

「見事な軸でしたのでぜひ手に入れたかったのですが、三百両と言われて諦めました。そのような値ではとても手が出ませんので」

「して、その男はどちらに向かうと申しておりましたか」

「さあ、言葉を交わしたのは、ほんの二言、三言でしたので、そこまでは存じませぬ」

孫左衛門が見かけたのは、間違いなく柴田兵庫であった。

だが、その行方は分からなかった。江戸から、宿場を一つずつ調べて来た。出立の時刻には、街道の辻に立って、江戸に向かう旅人を眺めた。だから、兵庫とすれ違ってはいないはずだ。

兵庫はきっと、西に向かっているはずであった。

格之進は、兵庫を追って、中山道を西に向かった。

十五　江戸の霜月

格之進が消えて、ひと月半が過ぎた。

源兵衛の使いで品物を届けた帰り、弥吉は久し振りに阿部川町の八兵衛長屋を訪ねた。長屋の木戸が見えると、途端に懐かしい気持ちになった。囲碁の稽古でここに通ったのが随分昔のことのように感じられた。

格之進が行方をくらませた日、源兵衛は八兵衛にこの長屋はそのままにしてくれと頼んだ。柳田様が江戸に戻って来るようなことがあったら困るだろうからと、源兵衛が店賃を払うことになった。弥吉が来たのは、源兵衛から店賃を届けるよう言いつかったからだ。

長屋の木戸を入り、八兵衛の家で店賃を払った弥吉は、格之進の家に寄ってみた。

腰高障子には、「柳田」という達筆の文字がそのまま残っていた。

弥吉は戸を開けて、土間に入ってみた。

行灯や鏡台や針箱はそのままになっていた。枕屏風の陰には畳まれた寝具が置かれてあった。水屋や竈は、綺麗に磨き上げられていた。

水屋の横には包丁が置かれてあった。弥吉は、お絹が使っていた包丁を手に取ってみた。ここで料理をするお絹の姿が心に浮かんだ。

包丁を戻し、部屋を眺めた。

立ち去ろうとした時、天窓から細く入る光の先、畳の上で小さく光る物があった。

座敷に上がって確かめると、それは縫い針であった。そこは、いつもお絹が縫い物をしていた場所であった。

弥吉は、その針を拾い上げ、懐紙にくるんで懐に入れた。

「弥吉さん、いらしてたんですか」

戸口にお時が立っていた。

「お久し振りです。あれから、柳田様から何か便りはありませんか」

「あれっきりです。まったく、どこで何をしてるんだか」

「もし柳田様のことで何かお分かりになりましたら、馬道の萬屋までお知らせ下さい」

「ようございますよ」

「よろしくお願いします」

弥吉は、お時にそう言って、八兵衛長屋を後にした。

新堀川に沿って歩き、菊屋橋を渡ると孫三稲荷の前に出た。

弥吉は、神社に入って参拝することにした。

賽銭箱に銭を入れ、手を合わせて瞑目した。

前にここでお絹と一緒にお祈りしたことがあった。何をお祈りしたのですかと尋ねられて弥吉は動揺した。咄嗟《とっさ》に格之進とお絹の無事を祈ったと嘘をついた。

お絹が自分を慕ってくれるようにと祈ったことを隠した。

今日は嘘ではなく本心から、格之進とお絹がいつまでも達者でいられますようにと祈って手を合わせた。

その頃お絹は、下級女郎や禿と一緒に半蔵松葉の雑魚《ざこ》寝《ね》部屋で寝起きしていた。

お庚は、自分の部屋で一緒に寝たらいいのにと言ったが、お絹は言うことをきかなかった。それればかりか、ぶらぶらしていてご飯を食べさせてもらうわけにはいかないと、下働きをさせてくれと申し出た。執拗な願いに、お庚は負けた。

明け六つ、神棚に向かってお庚が打つ拍子木の音で半蔵松葉の一日が始まった。泊まりの客を見送った遊女たちが朝風呂に入っている間、お絹は妓楼の拭き掃除をした。朝風呂が終わると、遊女たちは一階の支度部屋で禿たちと一緒に食事を摂ったが、お絹はその世話もした。

食事が終わると、遊女たちは昼見世までの支度に取りかかった。

真昼九つから夕七つまでの昼見世が終わると、夜見世まで遊女たちは身体を休めた。

その間も、お絹は洗濯をしたり繕いものをして働いた。時には、お庚の碁の相手をした。お絹とお庚は、棋力が伯仲していて碁のいい相手だった。

暮れ六つになると、大行灯に明かりが入り、三味線のお囃子で夜見世が始まった。

仲の町では花魁道中が行われた。禿を連れた花魁が黒塗りの高下駄を履いて、ゆっくりと練り歩いた。豪華絢爛な花魁道中が始まる頃には、仲の町は見物客で溢れかえった。

引け四つの拍子木が打たれると大引けとなり、吉原のただ一つの出入り口である大門が閉じられた。

新しい客は中に入れず、丑三つに大引けの拍子木が打たれると、お絹は仕事を終えて床に就くことができた。

半蔵松葉に来たお絹を、当初遊女たちは嫌っていた。というか、どうして吉原の泥水稼業に足を踏み入れようとするのか意味が分からなかった。これからどんな地獄が待っているのかも知らず、素人の生娘が気軽に考えているようで腹が立った。

しかし、きびきび働くお絹を眺めているうちに気持ちが変わった。武家の娘だというがちっとも高ぶったところがなく、同じ雑魚寝部屋で一緒に寝起きした。

半蔵松葉の遊女たちはお絹を気に入り、かるたの相手をさせたり、客から差し入れられた塩瀬の饅頭《まんじゆう》や壺屋や長門の最中《もなか》などをお裾分けしてくれるようになった。

その日、お絹は、風邪っ引きの桔梗の世話をすることになった。

桔梗は、粥を食べさせてもらい、眠りについた。

真夜中、桔梗が目を覚ますと、目の前にお絹の顔があった。お絹は、うたた寝をしていた。

「お絹ちゃん、何をしているの」

その声で、お絹が目を開けた。

「済みません、居眠りをしてしまいました」

お絹は桔梗の頭の手拭いを取って、脇の盥の水に浸して絞った。そうして、冷たくなった手拭いを再び桔梗の頭に載せた。

寝ずの看病をしてくれていると知って桔梗は驚いた。

足抜けしてから遊女仲間から冷たくされていた桔梗だったが、お絹は分け隔《へだ》てなく温かく接してくれた。桔梗は、親からも男からも裏切られ続けて生きてきた。だから、初めて他人から優しくされたような気がした。

それをきっかけに桔梗はお絹に気を許し、親しく話をするようになった。

桔梗は、お絹に、ここに来たわけを尋ねた。

しかしお絹は、本当のことを決して語らなかった。

どうしてもわけを知りたくなった桔梗は、半蔵松葉の妓夫太郎をねちねち問い詰め、とうとう格之進のことを知った。事情を知って桔梗はお絹に同情した。

「あんたのお父つぁんの嫌疑が晴れるよう、あたいも祈ってあげるからね」

桔梗は、お絹にそう約束した。

お歯黒どぶと黒塀で四角に囲まれた吉原の四隅には、四社の稲荷神社があった。その中でも、羅生門河岸の稲荷長屋にある九郎助《くろすけ》稲荷が一番御利益があると言われていた。

桔梗は、お絹と一緒に九郎助稲荷にお詣りするようになった。

お絹は、格之進が必ずや本懐を遂げられますようにと、毎日のように九郎助稲荷に手を合わせた。

十六　邂逅

信州の街道を進む格之進は、追分《おいわけ》宿で、寺で開かれている碁会を覗いた。

しかし、兵庫の姿はなかった。

小田井《おたい》宿、岩村田《いわむらだ》宿、塩名田《しおなだ》宿、八幡《やわた》宿、望月《もちづき》宿、芦田《あしだ》宿を過ぎ、長久保《ながくぼ》宿に入り、神社の一室で打たれている賭け碁を見た。

やはり、そこにも兵庫の姿はなかった。

和田《わだ》宿を過ぎて下諏訪宿に入った。

下諏訪神社の門前には、茶屋や土産物屋が並び、参拝客で賑わっていた。

旅籠や商家、海鼠《なまこ》塀の蔵が並ぶ通りを過ぎると、何軒かの鄙びた温泉があった。

峠を越えたので、かなり草臥《くたび》れていた。格之進は、温泉に入って疲れを癒やすことにした。

いい湯であった。湯船に入って四肢を伸ばし、ふうっと大きく息を吐いた。

しかし、格之進の気持ちは重かった。

柴田兵庫の行方は依然として知れなかった。お絹は、志乃の無念を晴らすことを願っていた。そのために苦界《くがい》に身を沈めてもいいと決意したのだ。しかし、このままでは、お絹の望みに応えることはできそうになかった。

半蔵松葉のお庚とは、大晦日までに五十両を返すという約束であった。だが、その金もまるで用意できていなかった。もう霜月に入って半月、期限の大晦日まではひと月半しか残っていなかった。

八方塞がりだった。暗澹たる気持ちが溜息になって口をついて出た。

両手で湯をすくって顔を洗った。

がやがやと人の気配がした。見ると、湯煙の向こうから数名の男たちがやって来た。

掛け湯をして湯船に浸かると、男たちは碁の話を始めた。

「さすがに諏訪は、強豪揃いで手ごわいな」

「ああ、二つや三つ置かしてもらったところで、てんで勝負になりゃしねえ」

「田舎の腕自慢が、賭け碁なんぞに手を出したのが間違いだったってことよ」

「ここまですってんてんになりゃ、湯にでも入るしかねえやな」

格之進は、男たちの会話に耳を傾けた。

どうやら、賭け碁で金を巻き上げられた男たちらしかった。

格之進は、男たちに尋ねてみた。

下諏訪神社の門前にある蕎麦屋の二階で、賭け碁が打たれているということであった。

男たちは、そこで見かけた囲碁の達人のことを語った。

「あんな碁は見たことがねえな」

「うん。初手が星、次も星、その次も辺の星だからな」

その言葉を聞いて、格之進は興奮した。

「その男は、身の丈六尺の大男ではなかったでしょうか」

「そう言われりゃあ、確かに大きな男だったな」

「その男は、初手を星から打ち始めたのですね」

「ああ。ふざけてるのかと思ったら、これが強えのなんのって」

間違いない。兵庫だ。

格之進は、湯船を出ると、慌ただしく着物を着てその蕎麦屋に向かった。

下諏訪神社門前の蕎麦屋の暖簾を潜ると、格之進は階段を駆け登った。

そこでは、数名の男たちが賭け碁を打っていた。

場を仕切る席亭らしき男に、格之進は兵庫のことを尋ねた。

星から打ち始めるというその打ち手は、背格好、風貌からして兵庫に間違いなかった。

しかし兵庫は、ここでは小銭の客しかいないので、こんなしみったれた勝負はできないと、早々に下諏訪宿を出立していた。

兵庫がどちらに向かったかは、誰も分からなかった。

格之進は、和田宿から峠を越えて来たが、兵庫とすれ違うことはなかった。

ということは、兵庫は西に向かったと思われた。

「今晩、塩尻宿《しおじり》でちょっとした碁会がありまして、私どもがその話をしておりました。ですから、もしかしたらそこに向かったのかも知れません」

格之進は、心が逸《はや》った。塩尻宿は下諏訪宿の次、峠を越えたすぐ先の宿場であった。

蕎麦屋を出た格之進は、ただちに塩尻宿へ向かった。

峠に差しかかると、ちらほらと白い物が落ちてきた。坂道を登るにつれ、雪が多くなった。

日が短くなったので、辺りは既に暮れ始めていた。格之進は、小田原提灯を提げて峠道を進んだ。提灯の明りに、道が白く浮かび上がった。

遅くなったが、急げば夜の碁会に間に合うだろう。

とうとう兵庫と会える。格之進は、昂《たか》ぶる心で夜の街道を急いだ。

塩尻宿に到着したが、既に日はとっぷり暮れていた。

碁会の席は、料理茶屋の大広間だった。尋ねてみると、碁会はまだ続いているということであった。

間に合った。

格之進は、雪を払って編み笠と合羽を脱いだ。それを荷物と一緒に預け、脇差しだけを差して気持ちを引き締めて廊下を進んだ。

広間の前まで来ると、格之進は、興奮に息苦しさを覚えた。

大きな碁会だった。広間に十面以上の碁盤が並べられ、男たちが血走った目で碁盤を睨み付けていた。部屋にはぴんと緊張が張り詰めていた。碁会というよりも鉄火場のような熱気であった。誰も言葉を発せず、石を打つ音だけが響いていた。

格之進は、対局の邪魔にならぬよう、気配を消してゆっくり座敷を進んだ。

それとなく男たちの顔を眺めたが、兵庫の姿は見当たらなかった。

一番奥の碁盤で、一人の大男が対局していた。こちらに背中を向けているが、兵庫に似た雰囲気を漂わせている。

格之進は精神を集中して、乱れそうな気持ちを鎮《しず》めた。

やっと穏やかな気持ちになると、ゆっくり足を進めて盤側に回り込み、男の顔を覗き込んだ。
男は兵庫ではなかった。
緊張の糸が切れた。
没入して手を読んでいたその男は、考えを中断され、険しい目で格之進を睨み付けた。
格之進は、目を伏せて頭を下げ、静かにその場から去った。
大広間を出て、悄然《しょうぜん》と廊下を歩く格之進の背に、
「柳田様」
と声がかかった。
振り向くと、そこに梶木左門が立っていた。
格之進と左門は、宿場町の飯屋に入り、小上がりで酒を飲んだ。
三か月振りの再会であった。
外は雪が降りしきり、店の中は冷え冷えとしていた。
格之進は、勧められるまま酒を飲み、芯まで冷えた身体を温めた。
久し振りの酒であった。地元の蔵から出されたばかりであろうその酒は、清冽

で力強い新酒であった。

中山道で兵庫を探し回っていたのは格之進ばかりではなかった。殿の命を受けた左門もまた、中山道を旅していたのだ。

格之進は中山道を江戸から西に向かって来たが、左門は馬籠《まごめ》宿まで行き、そこから東に引き返していた。

二人とも左門とはすれ違わなかった。

「柴田兵庫は、どこに消えたのだろうな」

「どうやら、中山道にはおらぬようでございます」

「しかし、間違いなくこの辺りにいる」

格之進は、柴田兵庫に間違いない男がいたことを伝えた。その男はつい昨日、下諏訪神社門前にある蕎麦屋の二階で賭け碁を打っていた。

左門は、下諏訪が中山道と甲州《こうしゅう》道中が合流する宿場町であることを思い出した。

「もしや、柴田兵庫は甲州路に入ったのではございませぬか」

その言葉に格之進は軽く頷いて酒を飲んだ。

気持ちがすさんでいた格之進は、つい飲み過ぎてしまい、いつになくかなり酔ってしまった。

左門と飲むうちに、一緒に彦根藩の進物番をしていた頃の想い出が甦った。

わずか三十石の下士であったが、妻の志乃と幼いお絹と一緒に、質素だがつつましく幸せな暮らしを送っていた。

若い左門とも良く一緒に飲んだ。血気盛んな左門は、これからの藩のあるべき姿を語り、格之進のような人こそ藩にとって必要なのだと熱く語った。

格之進は、藩で横行する賄賂や不正を無くするために懸命に働いた。

だが、それも遠い昔のことであった。

幸せだった暮らしは、もう欠片《かけら》さえ残っていなかった。

「左門。それがしは今日まで清廉潔白であろうと心がけて生きてきた。だがそれは、正しかったのだろうか」

何を言っているのだろうという顔で、左門が格之進を見た。

「正しいに決まっております。清廉潔白でなければ武士ではございません」

「だが、それがしが訴えたせいで藩を追われ、苦しい生活を強いられている者たちが何人もいる」

「不正に手を染めたのです。自業自得でございましょう」

「寺坂清右衛門《てらさかせいえもん》は、死んだそうだな」

「どうしてそれをご存知で」

「風の便りに聞いた。残された家族はどうなった」

「遠縁を頼って奥能登《おくのと》に行ったという噂です」

「まだ、小さな子があったな。奥能登では、さぞかし苦労をしておるのだろうな」

「さあ、どうでしょう」

「役を解かれた今村正右衛門《いまむらしょうえもん》はどうした」

「播州の、奥方の縁者の元に身を寄せております」

「藩を追われた安井新八郎《やすいしんぱちろう》は」

「一家で、讃岐《さぬき》に渡り、小さな商いをして暮らしているそうでございます」

「そうか……」

格之進は、苦い酒を呷った。

「柳田様、やはり藩にお戻り下さい」

「藩には戻らぬ」

「何を仰るのです。殿も帰参を待ちわびております。柳田様は、藩にとってどうしても必要なお方です」

「違う」

酔った格之進の語気は荒かった。

「それがしがおらぬ間、お主をはじめ、皆が藩を支えてきたのだろう。それでうまくいっていたのではないのか」

「それは……」

「それがしが戻れば、また堅苦しいことになる。今さら藩に戻ることもない」

「しかし……」

格之進は、苦しい気持ちを吐き出した。

「多くの者たちに苦渋を与え、そのあげくこのていたらく。父上から譲り受けた刀もとうに売り払い、脇差し一本の食い詰め浪人だ」

酒を飲む格之進は、長旅で月代《さかやき》が伸び、無精髭が生えていた。

ちろりから手酌で酒を酌ぐ格之進に、左門は藩のことを伝えた。

左門は、柴田兵庫のことを殿に具申していた。

事情を知った殿は、兵庫を討てと命じた。左門は、妻の仇を討とうとしている格之進のために、仇討ち赦免状を戴いていた。

左門は格之進に、これからの旅に同行したいと申し出た。

藩士の左門と一緒というのは気が進まなかった。

しかし左門は、どうしても同行させてもらうと譲らなかった。

根負けした格之進は同行を許した。


二人は、兵庫を探し求めて、下諏訪宿から甲州道中に入った。

上諏訪宿、金沢《かなざわ》宿、蔦木《つたき》宿、教来石《きょうらいし》宿を進んだが、兵庫の気配を感じることはできなかった。

台ヶ原《だいがはら》宿を過ぎて、突然の雨に襲われた。

格之進と左門は、街道の茶屋で雨宿りした。

店先の床机に腰を降ろし、団子を齧《かじ》り、茶を啜《すす》りながら、止む気配もないみぞれ交じりの雨を恨めしく眺めた。

左門は、江戸の料理茶屋で、格之進の筆になる扁額を見たことを思い出した。

「柳田様の書があるので驚きました」

「それほどの筆ではないのに、どういうわけか次々に注文が入ったのだ」

「別の料理茶屋でも柳田様の扁額がありましたので、どういういきさつでこの書を手に入れたのかと尋ねました。すると、茶屋の主人は、熱心に勧めるお方があったと……」

格之進は、自分の書を勧める者がいたと聞いて怪訝に思った。

「何でも萬屋源兵衛という方が、あちこちで柳田様の書を勧めて回っていたそうでございます」

左門の話を聞いて、いきなり書や篆刻の注文が増えた謎が解けた。無聊《ぶりょう》をかこつ自分の暮らしを案じて、源兵衛が陰で力になってくれていたのだ。

「萬屋源兵衛殿とは、十五夜の夜、それがしが訪ねた馬道の質屋の大旦那でございますね」

「いかにも」

「そういえばあの夜、お絹殿も一緒でしたが……」

格之進の心がちくりと痛んだ。

「お絹殿は、どうされておるのですか」

「案ずるな。しかるべき方のお世話になっている」

格之進が、はぐらかした。

左門は、さらにお絹のことを知りたそうにしていた。

格之進は、話を打ち切るかのように腰を上げた。

気がつくと、ちょうど雨も上がったところだった。

「ぐずぐずしていると陽が落ちる。先を急ごう」
格之進は、兵庫を促して次の韮崎《にらさき》宿に向かって歩き始めた。
歩きながら、格之進はお絹のことを想った。
絹は達者でいるだろうか……。大晦日までに五十両、半蔵松葉に届けなければ、
絹は妓楼に出されてしまう……。だが、金を工面できる当てなどない……。
格之進の足取りは重かった。
霜月ももう終わろうとしていた。

十七　酉の市

日が暮れてから、お庚は、用心棒代わりの妓夫太郎を従え、お絹と一緒に浅草の鷲《おおとり》神社に出かけた。

例年、霜月の酉《とり》の日に、鷲大明神に酉の市が立った。

開運厄除けの御利益があるため、例年たいそうな人出で賑わった。特に商いをしている者たちは、商売繁盛の縁起物である熊手を買い求めに神社を訪れた。

お絹は、初めての酉の市だった。

「三の酉まである年は火事が多いんだよ。うちも火の用心をしなきゃね」

そう言いながら、お庚は鷲神社に向かった。

鷲神社が近づくにつれ、人通りはどんどん多くなった。

御神灯が並ぶ入口の鳥居を潜ると、境内には数え切れないほどの提灯が並び、まるで昼のような明るさだった。

熊手を売る威勢のいいかけ声が飛び交い、お詣りの客で身動きがままならぬほどの賑わいだった。

お絹の前を、どこかの大旦那が、大きな熊手を担ぐ奉公人を従えて通り過ぎて行った。

露店には、唐の芋で作った黄金餅が売られていた。食べれば風邪を引かないという縁起物だった。黄金餅の露店には、買い求める人々が群がっていた。

お庚は、馴染みの屋台で七福神の大きな熊手を買い求め、それを妓夫太郎に預けた。

拝殿に行き、お絹は、格之進の無事を祈った。

お詣りが終わると、お庚が稲穂がついた小さな熊手を買い求めてお絹に与えてくれた。

「一番小っちゃいけど、神社で売っている熊手だからね。本当は、これが一番御利益があるのさ」

そう言うと、お絹が笑った。

「お絹ちゃん、お腹が空いたろう」

鷲神社を出たお庚は、近くにいい店があるからと言った。

門前には辻売り屋台がずらりと並んでいた。

お絹が連れて行かれたのは、屋台の天麩羅《てんぷら》屋だった。

お庚は、車海老、穴子、鱚《きす》、雌鯒《めごち》などの天麩羅の串を次々に注文した。

胡麻《ごま》油で揚げてあるので、香りが良かった。それでいてしつこくなくさっぱりしているので、いくらでも食べられるような気がした。

「好きなだけお食べ」

お庚は、寒さ凌ぎだと、一合だけ頼んだ酒を口にしながら、揚げたての天麩羅の串にかぶりつくお絹を眺めて目を細めた。

その頃弥吉は、三ノ輪《みのわ》にある伊勢亀山藩邸にいた。数本の軸を所望され、源兵衛の使いで屋敷にお届けに上がったのだ。

囲碁に目がない藩士が、弥吉に対局を申し込んだ。

「ひどい笊碁でございます。私のようなへぼでは、とてもお相手になりません」

と固辞したが、無理矢理碁盤の前に座らされて石を持たされた。

ところが打ってみると、これがいい勝負であった。

相手の藩士は棋歴が長いようであったが、絵に描いたような筋悪だった。こちらが特にいい手を打っているわけではないのに、向こうが勝手に悪手を打ってくれるので一気に優勢になった。筋が悪いのは弥吉も同様だった。簡単な死活を見損じて、大きな石が頓死してしまった。

悪手の応酬で、形勢がめまぐるしく入れ替わった。終わってみれば接戦になっていて、運良く弥吉の二目勝ちであった。

口惜しがる相手は、もう一番と、対局をせがんだ。

今度は、相手の勝ちであった。

相手は、おそらく力が足りな過ぎて、他の藩士からは相手にされていないのだろう。

いい相手が見つかったとばかり、何局も対戦を求められた。

やはり、碁は力が接近した者同士の対局が一番面白い。明るいうちに帰るつもりだったが、誘われるまま碁に付き合って、すっかり夜になってしまった。

弥吉は提灯を持たされて、下屋敷を後にした。

提灯の明かりを頼りに、暗い土手通りを進んで日本堤に出た。

吉原が近づくと、茶屋の提灯の明かりが目立つようになり、遊郭帰りの客たちの姿が目立つようになった。

これほど遅くなったのだから、きっと旦那様のお叱りを受けるだろうなと心配しながら、弥吉は萬屋へ急いだ。

見返り柳を少し過ぎたところで、弥吉は驚愕して足を止めた。

通りの向こうからやって来るのはお絹だ。

弥吉は、咄嗟にお絹に向かって走った。

「お絹さん」

その声に、お絹が歩みを止めた。

弥吉は、お絹に駆け寄った。

お絹は、弥吉の姿に啞然とした。

「お絹さん、どうして何も言わず姿を消してしまったんですか」

驚きに凍り付いたお絹に弥吉はさらに尋ねた。

「この近くに住んでいるのですか。柳田様はお元気でいらっしゃいますか」

「父上とは離ればなれになりました。それもこれも、あなたにあらぬ嫌疑をかけられたせいです」

「それじゃあ、やはり柳田様は、あの五十両を持ち帰られてはいなかったのですね」

「弥吉さん、あなたはまだ父上を疑っているのですか。あの五十両を作るために私は……」

そこまで言ってお絹の言葉が途切れた。その目がみるみる涙で潤んだ。

弥吉は、お絹の涙が理解できず困惑した。

妓夫太郎を従えて先を行くお庚がお絹に声をかけた。

「お絹ちゃん、どうしたんだい」

「申し訳ございません。ただ今すぐに」

お絹は憎々しげに弥吉を睨んだ。

「弥吉さん、もう二度と、私の前に現れないで下さい」

そう言って、お絹は、お庚と妓夫太郎の元に走った。

衣紋坂を左に入って、お絹の姿が見えなくなった。

弥吉は、衣紋坂の辻まで走った。

坂道を下っていくお絹の姿が見えた。

弥吉は、お絹の後を追った。

お絹は、お庚と、宝船の大きな熊手を担いだ妓夫太郎と一緒に大門をくぐって吉原に入って行った。

その姿を見て、弥吉はやっと事情を察した。

お絹は、五十両を作るために、吉原に身を沈めたのだ。

激しく狼狽《ろうばい》する弥吉は、大門の前で立ち尽くした。


萬屋に戻った弥吉は、帳場の行灯の脇に座って帳面を広げて筆を手にした。

だが、お絹のことが頭から離れず、仕事が手につかなかった。

あの五十両は、お絹さんが吉原に身を売った金だった。柳田様が持ち帰った物ではなかった。あれほど高潔な格之進に嫌疑をかけたせいで、お絹さんは吉原に身を沈めることになったのだ。何ということだ。あれほど朗《ほが》らかだったお絹さんが、今は吉原に……。

弥吉は、奈落の底に突き落とされたようだった。申し訳なさに身体が震えた。取り返しのつかないしくじりをしてしまったという悔恨が、次から次に湧き上がってきた。

弥吉は、格之進との約束を思い出して、はッとした。

柳田様は、身の潔白が明らかになった暁《あかつき》には、この首をもらい受けると言った。自分の落ち度なのだから、この首を差し出すことはやぶさかではない。お絹さんのことを思えば、死んでお詫びするのが一番だ。だが、私は旦那様の首も差し出すと約束してしまった。旦那様は柳田様にこれっぽっちも疑いを持ってはいない。言葉の綾で、「いかようにも……」と返答してしまったが、何ということを言ってしまったのだろう。

もし柳田様が潔白であることが明らかになったら大変なことになる……。

弥吉は、暗澹たる気持ちになった。

そこに源兵衛がやって来た。

弥吉は、慌てて筆を置いた。

「三ノ輪の、亀山藩の下屋敷には行ってくれたろうね」

「はい」

「持参した軸は気に入ってもらえましたか」

「たいそうお喜びになられて、すぐに代金を払って下さいました」

「そうか、それは良かった。それにしても、ずいぶん帰りが遅かったようだが」

「はい。下屋敷で碁のお相手を命じられまして」

弥吉は、ちょうど互角の相手がいて、何度も対局を求められたので、帰るに帰れずつい遅くなったのだと説明した。

「そうですか。それは良かった。碁というものは、人と人を繋げてくれます。そのお侍様とも、これをご縁にいいお付き合いができるかもしれませんよ」

源兵衛は、上機嫌でそう言い、奥に下がろうとした。

その時、弥吉の心にさっき会ったばかりのお絹の姿が浮かび上がった。

「……旦那様」

弥吉の口から思わず言葉が出た。

「どうしました？」

「柳田様は……」

源兵衛は、柳田様という言葉を久し振りに聞いた。

「柳田様がどうしたのだ」

源兵衛は、期待に満ちた目で弥吉を見た。

弥吉は、やはりお絹のことを伝えなければならないと思った。

「弥吉。いったい、柳田様がどうしたと言うのだ」

喉の奥まで出かかったが、どうしても言うことができず、弥吉はその言葉を飲み込んだ。

「……柳田様とお絹さんは、今頃どうしていらっしゃるのだろうかと思いまして」

弥吉が誤魔化すと、源兵衛の目から期待の光が消えた。

「柳田様はどうなされているのだろうな。お絹さんと二人、苦労をしていなければ良いのだが……」

「そうでございますね」

「柳田様のことは、もう忘れなさい。こうして姿を見せないのですから、向こうも忘れて欲しいと願っているはずです」

源兵衛は、暗い顔で奥に下がって行った。

柳田様は、姿を消したまま再び現れる気配はない。だから、このまま自分の心に留め置けば、五十両の一件が蒸し返されることはないだろう。黙っていれば何事もなかったことにできる……。

だがそれでいいのか。口を拭《ぬぐ》えば罪が消えるというわけではない。生涯、やましさを心に抱えて生きて行かなければならないのだ……。

弥吉は、再び筆を取って、鬱々たる気持ちで帳面に文字を書き込んだ。

しかし、心はここにあらず、書いた文字は乱れてしまった。

弥吉は、筆を置いて書き損じを破り取り、苛立ちを振り払うかのように、くしゃくしゃに丸めた。


奉公人たちは、寝息を立てて熟睡していた。

弥吉だけは、蒲団に入っても眠れなかった。

小さな紙包みを取り出して、中を広げた。そこには、縫い針が一本入っていた。

それは、八兵衛長屋の格之進の家で見つけた物であった。

縫い針を見つめると、一緒に碁を打ったお絹の朗らかな笑顔が浮かんだ。

襟首のほつれを繕ってくれた時、すぐ横にあった清楚なお絹の顔が甦った。

弥吉は胸が締め付けられ、眠れぬ夜を過ごした。

十八　甲州道中

月が変わって、師走《しわす》となった。

格之進と左門は、長旅を続けていた。

韮崎宿から、甲府柳町《やなぎまち》宿、石和《いさわ》宿、栗原《くりばら》宿を過ぎたがさしたる手がかりはなかった。

勝沼《かつぬま》宿、鶴瀬《つるせ》宿から駒飼《こまかい》宿、黒野田《くろのた》宿、阿弥陀海道《あみだかいどう》宿、白野《しらの》宿、初狩《はつかり》宿と、それぞれの宿場で旅籠を覗き、宿の主から話を聞いてみたが、兵庫の影を摑むことはできなかった。

花咲《はなさき》宿、大月《おおつき》宿、駒橋《こまはし》宿に差しかかると、江戸からの富士講の一団と何組も遭遇するようになった。

菅笠を被り、揃いの装束に身を包んだ者たちは、鈴を振りながら通り過ぎて、富士詣でに向かって歩き去って行った。

桂川《かつらがわ》渓谷に渡された猿橋《さるはし》を渡って猿橋宿に入り、鳥沢《とりさわ》宿を過ぎた。

宿場町を過ぎる度に、時が過ぎていった。

雪の峠を登り切った格之進と左門は、犬目《いぬめ》宿の道ばたの岩に腰を降ろして疲れた身体を休めた。冷たい風を浴びながら、手拭いで汗を拭いた。

一望千里、峠の上から眺める富士は絶景であった。純白の雪を載せた富士は、勇壮で神々しかった。

そんな富士を眺めていると、格之進は、自分がちっぽけに思えた。

探し求める兵庫の姿は影も形も見えず、今年もあと半月ほどとなった。志乃の無念を晴らすこともできず、大晦日まで五十両用意してお絹を迎えに行くことはとてもできそうになかった。

格之進は自分の無力を痛感していた。

「柴田兵庫は甲州道中にはおらぬのでございましょうか」

左門が言った。

「そうかも知れぬ」

「面目もございません。それがしが甲州道中に入ったと思い込んだために、柳田様にも無駄足を踏ませてしまいました」

「まだ、そうと決まったわけではない」

「じつは、申し上げなければならぬことがございます」

左門は、殿の命を受けてはいたが、年内限りという期限があった。年が明ければ、江戸屋敷から国許へ配置換えになる。したがって、兵庫を討つという命から一旦離れることになるのだ。

左門と別れることになったら、果たして一人旅を続けて兵庫を討つことなどできるのだろうか……。

格之進は、いつになく弱気になっていた。


犬目峠を越えた格之進と左門は、野田尻《のたじり》宿と鶴川《つるかわ》宿を経て上野原《うえのはら》宿に入った。旅籠では、近江《おうみ》商人と相宿になった。彼らは、粗末な盤と石で碁を打ちながら商売の話をしていた。

久々に聞く近江のお国訛りに、格之進の心が和《なご》んだ。

彼らは二人ひと組で上野原に行商に来ていた。近江から持って来た麻布や蚊帳《かや》を売り、その金で当地の絹織物を仕入れていた。近江商人は、行きも帰りも商いをした。押したり引いたりする度に木を切る鋸《のこぎり》に例えて、鋸商いと呼ばれていた。

彼らは、絹問屋での仕入れを終えて、明日近江に帰ることにしていた。

仕入れに行った絹問屋の主人が囲碁に目がないという話題になった。

「それで、そのご主人とは碁を打たれたのですか」

左門が尋ねた。

「それが、賭け碁しか打たないらしいのです。私どもは商人ですので、賭け事は致しませんので」

絹問屋の主人が賭け碁が好きだと知って、翌日、格之進と左門は、その男の家に行ってみることにした。

主人の島崎作蔵《しまざきさくぞう》は絹織物で財を成し、その屋敷は贅を尽くした豪邸であった。

作蔵は、格之進と左門を家に招き入れた。

格之進は、さっそく柴田兵庫のことを尋ねた。

「はて……この宿場町には、流れ者の博打打ちは幾人もやって参りますので……さ、どうぞ」

作蔵は、首を傾げながら、格之進と左門に茶を勧めた。

「身の丈六尺の大男で、足が悪く杖を突いて歩いているはずなのですが」

「そう言えば、先日、この宿場にやって来た碁打ちが、大きな男でございました。

五日ほどこの宿場にいたのですが、確か杖を持っていたような……」

「その男は、江州彦根の出であると申しておりませんでしたか」

「そこまでは存じ上げませんが、何でも、変わった碁を打つとか……」

「変わった碁とは……」

「初手を小目に打たず、星に打つそうなのです」

格之進の胸が高鳴った。

「次の手も、さらに次の手も星に打つとか……」

驚いた左門が、格之進を見た。

「たいそうお強く、この町一番の打ち手もまるで歯が立たず、賭け碁でずいぶん金を巻き上げられたようでございます」

たまらず、左門が身を乗り出した。

「その男、何か軸を持っているとは申しておりませんでしたか」

「はい。狩野探幽の軸を持っていて、それを譲っても良いと言われたのですが、すぐにお断りしました。賭け碁を生業にした流れ者が、探幽の真筆を持っているはずもありませんから」

間違いない。柴田兵庫だ。

格之進が、作蔵ににじり寄った。

「それで、その男は、まだこの上野原宿に」

「三日ほど前に、江戸に向かいました。何でも年の瀬、大つごもりに、大きな賭け碁の会があるとかで……」

「柳田様」

興奮した左門が声をかけた。

格之進は、静かに頷いた。

今年もあと十日。この宿場から江戸までは約二十里。

一刻も早く江戸に行き、柴田兵庫の居場所を突き止めなければならなかった。

十九　狐舞い

師走の煤《すす》払いに続いて畳替えを終え、半蔵松葉は新年を迎える支度が調った。

慌ただしい年の瀬が一段落し、お庚はやっと一息ついた。

奥座敷で、お庚は初老の男の相手をしていた。男は、新川の酒問屋のお大尽であった。

二人は、中庭を挟んだ向こうの座敷を眺めていた。

そこには、お絹の姿があった。お絹は座敷に座って目を伏せていた。悲しそうにしているが、お絹の美貌は遠目にも際立っていた。

お大尽は、お絹の姿を眺めながらお庚に言った。

「お武家様の娘で、あれだけの器量。百両ではどうだ」

「旦那。お絹ちゃんのことは、どうぞ諦めて下さいな」

「ならば二百両。いや、三百両出そう」

「いくらお金を積まれたって、無理なものは無理なんでございますよ」

「いったい、いくら払えば身請けさせてくれるのだ」

「何度も申し上げたではありませんか。あのお絹ちゃんは、用立てたお金が戻る日まで預かっているだけなんですよ」

「だが、返済の期限は明日の大つごもりではないか。その父親とやらがどうせ金を返せるはずもなし」

お大尽は、好色な目でお絹を眺め続けた。

座敷で塞いでいるお絹の横に、桔梗がやって来た。

大つごもりに迎えに来るという約束であったが、旅に出た格之進から連絡はなく、消息は定かではなかった。

お絹の事情を知っている桔梗は、新しい畳の匂いが充満する支度部屋で、お絹を慰めた。

「そんな暗い顔はおよしよ。せっかくの器量が台無しじゃないか」

「すみません。でも、父上のことを思うと……」

「立派なお父つぁんなんだから、きっと迎えに来るよ」

「だといいのですが……」

「毎日九郎助稲荷にお祈りしてきたんだ。迎えに来てくれるに決まってるよ。さ、元気をお出しよ」

そう言われても、お絹の心は晴れなかった。

その時、店の表が騒がしくなった。

何事だろうと、お絹は、物音のする方向に行ってみた。

妓楼の入口に行くと、土間から狐の面を被った男が上がって来た。

「新吉原の狐舞いでござい。御祈禱、御祈禱、おおさえ、おおさえ」

そう言って、狐の面を被った男が踊り始めた。

おおさえ、というのは、大きい幸、または大きい栄えが変化した縁起のいい言葉だと言われていた。

二階から、狐男の声を聞いた遊女たちが大階段を駆け下りて来た。

狐舞いの男は、遊女たちを追いかけた。

遊女たちは、嬌声を上げながら逃げ回った。

お絹に狐舞いの男が向かって来た。

わけが分からず、きょとんとしているお絹は、狐の面の男に捕まってしまった。

そこに桔梗がやって来て、お絹の手を摑んで、奥の部屋に避難させた。

「狐男に捕まっちゃいけないよ」

「どうしてですか」

「捕まったら子どもができちまうんだよ」

「でも、もう捕まってしまいました」

「しょうがないねェ」

桔梗はそう言って笑った。

狐舞いは、吉原の年の瀬に現れる門付け芸であった。

「おおさえ、おおさえ」

と、狐男は舞いながら遊女たちを追いかけた。

そこにお庚が現れて、狐男にご祝儀を渡した。

狐男は、ご祝儀を手にすると表に出て行き、次の妓楼に向かった。

吉原恒例の狐舞いが終わり、いよいよ正月が近くなった。

二十　対決

上野原宿から江戸までは約二十里。格之進と左門は三日で内藤新宿まで歩き切った。

久し振りに江戸に戻った二人は、暮れの大きな碁会が開かれる場所を探し回った。

だが、宿場町と違って江戸は広く、容易《たやす》くその場所を割り出すことはできなかった。

一日また一日と日が過ぎ、焦燥の念が大きくなっていった。

しかし、格之進にはどうすることもできなかった。

格之進と左門は、料理茶屋で腹ごしらえしながら、これからのことを話し合った。

「とうとう明日は大晦日でございますね」

「うむ」

「年が明けてしまったら、どうなさるおつもりなのですか」

「たとえ一人になっても旅を続ける。というか、そうするしかないのだ」

左門には打ち明けられないが、年が明ければお絹は妓楼に出ることになる。そういうお絹を気にもかけず、おめおめと江戸で暮らすことはできない。無宿人として宿場から宿場を流れて旅をするしかないのだ。

格之進の脳裏に、長屋でお絹と暮らした頃が思い出された。貧しくとも、お絹と二人で幸せだった。その想い出は、遠い昔のことのようであった。

「江戸に来れば、碁会の場所などすぐに分かると思っておったが。これほどまでに手こずるとは考えが浅かったか……」

「碁会と言えども、金を賭けるのですから賭場も同じ。きっと、大っぴらにできないのでしょう」

左門の言葉を聞いて、格之進は突然腰を上げた。

「どうなされたのですか」

「すぐに戻る」

「どちらへ行かれるのですか」

それに答えず、格之進は茶屋を出て行った。


格之進の行き先は、山谷堀の賭場であった。

筵を捲って中に入ると、いつものように、町人や遊び人が骰子《さいころ》の丁半博打に興じているところであった。

ずかずかと奥に向かうと、権蔵が現れた。まだ髷が結えず、伸びた髪を後ろで総髪に束ねていた。

博打が中断され、客がざわめいた。

「今頃何でェ。まだ文句でもあるって言うのかい」

権蔵は、緊張して身構えた。子分たちも格之進の周囲で控えているが、前のことがあったので腰は引けていた。

「頼みがある」

「頼みだとォ、何でェ」

「明日の大つごもり、江戸で大きな賭け碁の会があると聞いた。どこで開かれるか調べてはくれぬか」

権蔵の緊張が一気に解けた。

「そいつァ、お安い御用だ。蛇の道は蛇。すぐに分かりやす」

格之進は、泊まっている宿を伝えて賭場を後にした。

風の強い夜であった。びゅうびゅう吹き荒れる風が木立を揺らした。

蒲団の中でその音を聞きながら、格之進はまんじりともせず一夜を過ごした。

寒々とした夜が明けると、嘘のように風は止んだ。代わりにちらほらと白いものが落ちて来た。

大つごもりは、雪になった。

格之進は、夜明け前に起き、兵庫と相まみえるために、伸びた月代を整え、無精髭を剃った。身なりを整えた格之進は、左門と二人、じりじりしながら権蔵の報せを待った。

昼を過ぎても権蔵は現れなかった。

権蔵でも碁会の場所を突き止めることが出来なかったのか……。

諦めかけた夕刻、権蔵が宿に駆け込んで来た。

「旦那、碁会の場所が分かりやしたぜ」

格之進と左門は、互いに顔を見合わせて頷き合った。


碁会が開かれるのは、両国の岩戸《いわと》という料理茶屋だった。

格之進と左門は権蔵の案内で料理茶屋に向かった。

両国橋を渡ると、大川に沿った道にその料理茶屋があった。大きな建物であった。

門の前に来たが、戸は閉じられて商売をしている気配はなかった。大晦日と元日は店を閉めるという旨の張り紙があった。

権蔵は、張り紙に目もくれず、格之進と左門を案内して脇に回った。

築地塀《ついじ》の脇を進むと裏木戸に出た。そこでは、風体よろしからぬ男が腕を組み、寒そうに小さく足踏みしながら立っていた。

男は権蔵に気づき、両膝に手を置いて、軽く腰を曲げた。

「権蔵さん。今日はどういう御用で」

「上客を連れて来てやったんだ。このお侍様を中に頼むぜ」

「そう言われたって、今日は飛び込みは受け付けてねえんで」

「何だとォ、つべこべ抜かしてねえで早く入れろ」

「そんなご無体は勘弁して下せえな。親分から誰も入れるなと言いつかっているんで」

「この野郎。てめえは、この俺の顔を潰す気か」

「いくら権蔵さんでも、これぱっかりは……」

格之進は、どうしても会わなければならない男がここに来ているのだと事情を伝えた。

「つべこべ言ってねえで、早く奥に掛け合いに行って来い。行かねえとただで済むと思うなよ」

権蔵が凄んで拳を上げると、男の口から小さな悲鳴が洩れた。前に何度も痛い目に遭っているのだろう。男は、渋々奥に向かった。

格之進と左門は、裏木戸で男が戻るのを待った。

ここまで来て、入れないとなると悔やんでも悔やみきれなかった。何があっても、ここに入らなければならなかった。

気を揉みながら待っていると、男が戻って来た。

「話は通しました。お侍さんだけどうぞ中へ」

格之進と左門は、勇んで裏木戸をくぐり、土間に入った。

中に入ると、上がり框に見張りの男が立っていた。

「少々お待ちを。今、親分が参ります」

間もなく、廊下の奥から渋い長半纏を着た男がやって来た。五十がらみの男盛りで、全身から威厳が立ち上っていた。

「今日の会を仕切らせて頂いている横綱《よこあみ》の長兵衛《ちょうべえ》でございます」

「柳田格之進と申します。これは、江州彦根藩の梶木左門と申す者でございます」

長兵衛が、子分に目を送った。

「お話はこの者から伺いました。が、今日はご紹介のある方だけの碁会」

「存じております。ですが、どうしても会わねばならぬ者が、ここで碁を打っているのです」

「それで、そのお方に、どのような御用向きで」

格之進は、いきなり土間に座って手を突いた。

左門も慌てて土間に片膝をついて長兵衛を見上げた。

「仔細は申し上げられませぬが、わけあって、どうしても会わねばならぬのです」

そう言って格之進が頭を下げた。

「旦那、お手を上げて下さいな」

格之進は、頭を上げて、縋るように長兵衛を見た。

長兵衛は、心の奥を探るように、格之進の目をじっと見つめた。

やがて、格之進の意を察した長兵衛が頷いた。

「ようござんす。どうぞ、お上がり下さい」

格之進は、脇差しを子分に差し出した。左門も子分に大小を預けた。

「旦那。じゃあ、あっしはこれで」

戸口で様子を窺っていた権蔵が、そう言って姿を消した。


料理茶屋に上がった格之進と左門は、長兵衛の案内で奥に進んだ。

良く手入れされた庭を眺めながら廊下を進み、障子を開けて部屋に入った。

十畳の部屋に碁盤が四面置かれ、その一面で商人と町人が碁を打っていた。

格之進は、意外に小さな碁会だと思った。

長兵衛が奥の襖を開けた。

その奥は三十畳ほどの大座敷で、そこに、十数面の碁盤がずらりと並んでいた。

碁会はお開きになりかけていて、碁が打たれているのは三面だけであった。

対局を終えた客たちは、煙管《きせる》を咥《くわ》えて煙草で一服したり、茶を飲みながら打たれている碁を眺めていた。商人や町人だけでなく、侍の姿もあった。集まった者たちは皆金満家のようで、趣味のいい着物に身を包んでいた。

その中に、一人だけ草臥れた着物を着た男がいた。

男は、部屋の隅で、旗本を相手に対局していた。

格之進は、男の横顔を見た。

柴田兵庫だった。

激しい憤怒が格之進の身体を突き抜けた。

勝負を終えた兵庫は、相手の旗本から何枚かの小判を受け取った。

懐に小判をしまって、振り向いた兵庫が、格之進と左門に気づいた。

あわてる素振りも見せず、兵庫が薄く笑った。

「久し振りだな、格之進。それに左門まで」

「事の仔細は、この左門より聞いた」

「それで、恨み言でも言いに来たか」

左門が兵庫に迫った。

「殿の探幽の軸、返してもらおう」

兵庫が左門を嘲笑った。

「何が可笑《おか》しい」

「そのような物、とうに売り払ったわ」

「許せん」

左門が、怒りも露わに兵庫に迫った。

それを制して、格之進が左門の前に立った。

「お主をこのままにしておくことはできぬ」

「許せぬなら、どうすると言うのだ」

兵庫は不敵に格之進に言い放った。

ただならぬ様子に、室内の者たちの視線が集まった。

長兵衛は、騒ぎを収めに向かおうとする子分を抑えて成り行きを見守った。

「その正義漢面を見ると反吐《へど》が出るわ」

憎々しげに兵庫が吐き出した。

「己が身の不幸を嘆いておるようだが、お主がどれほど恨まれているか知っておるのか。お主の殿への直訴によって役を解かれ禄を減ぜられた者たちとその家族は、日々の生活もままならず、爪に火を灯すような暮らしを送っているのだぞ」

　兵庫は、憎々しげに言った。

「袖の下は旧来の慣わし。何も贅沢をするためではない。そうせねば暮らしてゆけぬから、やむを得ずそうしていたまでのこと」

　格之進は、兵庫を見据えたまま身じろぎもしなかった。

「水清ければ魚棲まず。お主のせいで幾人もの才ある者たちが藩を追われた。藩にとって、どれほど大きな損失であったことか」

「言いたいことはそれだけか」

「拙者は、そのような者たちが不憫でならなかった。そのために探幽の軸を売ったのだ」

　藩を追われた者たちのことを考えていたと言う兵庫の言葉を、格之進は意外に思った。

　格之進は、兵庫の表情を窺った。片方だけ少し上がった口角に狡猾な笑みが浮かんでいた。そして、兵庫の言葉が作り話だと見抜いた。

「良くもぬけぬけとそのような綺麗事を」

それでも兵庫は後に引かなかった。

「知らぬだろうが、お主の女房は、役を解かれた者や家族から恨まれ、それを苦にしていたのだぞ」

「志乃はそれを苦にして死んだと言うのか」

厳しく問い質す格之進に気圧《けお》されて口を噤んだ。

「聞かせてもらおう。志乃は何故命を落とさなければならなかったのだ」

兵庫の顔色が変わり、目が泳いだ。

「言え。返答次第では覚悟がある」

「拙者をどうするつもりだ」

「勝負をしてもらおう」

「勝負……」

「碁で決着をつけたい」

兵庫が、拍子抜けしたように笑った。

「碁で決着をつけるだと……お主、気は確かか。彦根藩一の打ち手の拙者と勝負しようというのか」

「いかにも」

「金は持っているのだろうな」

「ない」

「それでは話にならぬ」

「この首を賭ける」

格之進の言葉に、ざわめきがわき起こった。

「その代わり、それがしが勝てばお主の首をもらい受ける」

左門は驚愕して格之進を見た。勝負なら、果たし合いを申し込んで、剣で決着をつければ良いのだ。直心影流の腕前は、格之進が兵庫よりも数段上だ。わざわざ、碁という不利な戦いで勝負を挑むことはないのだ。左門は、格之進の気が触れたのではないかと思った。

碁で決着をつけようというのは、無意識のうちに出た言葉だった。自分でも驚いたが、心の奥で望んでいることがすぐ理解できた。

格之進は直心影流で兵庫を斬るだけでは飽き足りなかった。兵庫の一番の自慢である碁もねじ伏せ、完膚なきまでに叩きのめしたかったのだ。

兵庫は昔のままの棋力だと思っているだろうが、こちらは源兵衛との対局で長足の進歩を遂げている。六年前よりは確実に一目、いや二目近くは強くなっているはずだ。今なら負けないという自信があった。

囲碁での決着という申し出に、思案していた兵庫が鼻で笑った。

「それでは話にならん。拙者が勝ったところで、何の得もないではないか。そもそも、拙者にお主が勝てるはずもなかろう」

勝負を拒絶されて格之進は窮した。

そのやり取りを見守っていた長兵衛が、兵庫の前に進み出た。

「旦那。命を賭けると言ってるじゃあございませんか。一生一度の命懸けの頼み。腕に覚えがおありなら、受けてお上げなさいな」

兵庫は、小考して頷いた。

「いいだろう」

兵庫の言葉に、室内がざわめいた。

「勝負の見届け人は、この横網の長兵衛。どちらが勝っても遺恨はなし」

さっそく、対局の準備が始まった。

隣の十畳の部屋が対局の場となった。

大広間は控えの間となり、そこに碁会の客が集まり、対局の進行を並べる継ぎ盤が置かれた。

対局する十畳の部屋には、立会人の長兵衛と左門が同席することになった。

勝負は、格之進の先番となった。実力差からすれば、それで充分と兵庫は判断した。

碁盤に向かう格之進は、背筋を伸ばして心を鎮めた。

兵庫は、腰に両手を置き、少し腹を突き出すようにして余裕綽々だった。

張り詰めた空気の中、対局が始まった。

格之進は、碁笥を膝の前に置き、蓋を開けて黒石を一つ摘まんだ。

ぴしりと打たれた初手は、右上隅の星であった。

その着手を見て、兵庫が一瞬気色ばんだ。しかし、すぐに真顔に戻り、瞑目して次の手を考えた。打たれたのは兵庫得意の星ではなく小目だった。

格之進が俺の碁を打つなら、俺は向こうの手を打つという兵庫の意地であった。

今までの格之進と兵庫の碁とは真逆の碁になった。

格之進は、次の手も右下の星に打った。

兵庫は、残りの空き隅の小目に打った。

そして、格之進は、右辺の星に五手目を打った。これで、右辺の星に、石が三つならんだ。いつも兵庫が打つ得意の陣形であった。

どちらも慎重に打ち進め、じっくりとした碁になった。

命が懸かった大一番ということで、客たちは固唾を呑んで碁の進展を見守った。

格之進は手応えを感じた。穏やかな気持ちで石が打てた。大局観が冴え、部分部分の石の変化が良く見えた。広く手が見えるので、余裕を感じながら着手することができていた。

一方、兵庫は形勢が自分に傾かないことに苛立ち始めていた。形勢はまったくの互角。こんなはずではないという焦りを感じていた。

控えの間では、継ぎ盤に格之進と兵庫の碁が再現され、声を潜《ひそ》めて検討が続けられた。

旗本が胴元に名乗り出て、どちらが勝つかで金が賭けられることになった。集まっているのは根っからの博打好きばかりだ。皿に蠅《はえ》が二匹止まっていれば、どちらが先に飛び立つか金を賭けるような者たちばかりである。たちまち、格之進と兵庫それぞれに乗る者たちが、小判を旗本に差し出した。旗本の前に置かれた碁盤には、たちまち小判の山ができた。

中盤に差しかかり、兵庫が戦いを挑んできた。

格之進も応手して、たちまち大乱戦になった。

継ぎ盤を覗き込む者たちが、石を並べて変化を調べてみたが、石を崩したり並べたりする度に違う結果が出た。難解極まりない局面に突入していた。

「凄まじいねじり合いだ」

「どちらも、一歩もあとに引きませんね」

「一手打つ度に、打った方が良く見える。こいつァ、どっちが勝つかさっぱり分からねえや」

客たちが溜息交じりに言葉を交わした。

兵庫は左の肘を脇息《きょうそく》に預け、右手に握った大ぶりの扇子を細く開いたり閉じたりさせていた。扇子が開くたびに、ギイッと音がした。それが、パチッという音で閉じられた。規則正しい扇子の音が続いた。

その音が止み、兵庫が強く白石を盤面に叩きつけた。割れんばかりの石音が室内に響き渡った。

その一着を眺めた格之進の全身にうっすらと汗が浮かんだ。兵庫の打った手は、予想外の鬼手《きしゅ》であった。

兵庫は、どうだと言わんばかりに、上目遣いに格之進を睨んだ。

控えの間に兵庫の一着が伝えられると、皆が検討を重ねた。どう変化しても格之進のいい図はできなかった。

「まさか、こんな手があったなんてな」

「ここで勝負が決まったか」

「そのようですね」

皆は、兵庫の妙手に感心しきりだった。

対局室では、窮地に追い詰められた格之進の心がざわめいていた。茶を啜って瞑目し、気持ちを落ち着かせた。心が静まるにつれ、徐々に手が見えてきた。無我の境地で手を読む格之進の心に次の手が浮かんだ。

格之進は、静かに黒石を置いた。

その一手は、兵庫の鬼手をかわす絶妙の一着であった。

控えの間で検討する者にその一手が伝えられると、一同は格之進の凌ぎの妙手に感心した。

「何だよォ、この手は」

「これでぴったり凌げてるッてえことか」

「こりゃあたまげた」

とてつもない碁を見ているという興奮で、交わす言葉は高ぶっていた。鳥肌が立った腕をさすっている者もいた。

鬼手を妙手で押し返したが五分と五分に戻っただけで、勝負はまだこれからだった。


対局は終盤のヨセに差しかかった。

形勢はまったくの互角、僅差の勝負となった。

格之進は、白の大石の一団に圧をかける一着を放った。

その着手は、控えの間の者たちを戸惑わせた。

「何だよ、この手は」

「この白の大石を殺そうとしているってことですかい」

「いくら何でもそいつァ無理だ」

「どこからどう見たって、立派に活きてる」

大方の予想通り、兵庫は手を抜いて、辺の陣地を広げて実利を稼いだ。これで、地合は白が有利となった。

「白の大石に迫った一手は緩手《かんしゅ》でしたな」

「とうとう勝負がつきましたか」

「そのようで」

対局室の兵庫は、勝ちを確信して悠然と扇子の開閉を繰り返した。

旗本は、酒を注文して、兵庫の勝ちに乗った者たちの賭けの配分を数え始めた。

格之進は、白の大石を攻める手を打った。

「苦し紛れの一手ですか」

「そんな手を打ったって無駄ってもんだ」

「往生際の悪い」

兵庫は、どうしてそんな手を格之進が打つのかという顔で盤面を眺めた。

ギイッ、パチッと、扇子を使う音が規則正しく響いた。

その音が止んだ。

兵庫は、弾かれたように背筋を伸ばし、改めて盤面を眺めた。扇子を一気に大きく広げ、ばたばたと数度顔に風を送った。そして、乱暴に扇子を閉じると、再び脇息に身体を預けた。その顔は、紅潮していた。

「もったいぶってねえで、とっとと勝負をつけりゃいいじゃねえか」

「もしかして、死んでるとか？」

「まさか。はっきり活きてますって」

客たちが、碁盤に石を置いて、あれこれ検討したが兵庫の勝ちは動かなかった。

兵庫は石を打とうとしなかった。そして、長考に入った。


その頃、萬屋の奥座敷では、源兵衛が筆を手にしていた。

その横で、弥吉が源兵衛の書を眺めていた。

「不得貪勝」という文字が書き上がった。

源兵衛は、それを満足そうに眺めて言った。

「来年の商訓です」

「何と読むのですか？」

「貪れば勝ちを得ず。自分の利だけを貪れば、勝負に勝つことはできないという中国の碁の格言です。商いも同じ。弥吉、お客様の利も考えなければ、商いというものはうまくいきませんよ」

源兵衛は、乙松を呼んで、渡り廊下に掲げてある今年の商訓の額と取り替えるようにと言った。

乙松は、「不得貪勝」という商訓の額を持って渡り廊下に向かった。

渡り廊下にやって来た乙松は、「捨小就大」という今年の商訓の額を外した。

その拍子に、何かがごとりと落ちた。

乙松は廊下の床を見下ろして驚いた。そこには袱紗が広がり、その横に組合の封のついた五十両の小判が転がっていた。

「旦那様ァ」

乙松は、小判を拾って奥座敷に走った。

源兵衛は、慌てふためいて駆け込んで来た乙松から五十両を受け取った。

「組合の封がしてあります。旦那様、この五十両は、淡路町の伊勢屋様が持って来た物に間違いありません」

そう言う弥吉の顔は青ざめていた。この金が出て来たということは、格之進の無実が明らかになったということだ。とすれば、首を差し出さなくてはならない……。

源兵衛は、五十両を手に首を傾げた。

「しかし、どうしてこれが額の裏に……」

不思議そうに小判を眺める源兵衛は、月見の夜のことを思い出した。

「そうか、そういうことであったか」

月見の夜の格之進との対局で、源兵衛は、席を外して厠に立った。

碁は難所に差しかかっていた。格之進に好手を打たれて、対応が悩ましかった。応手を考えながら、厠の戸に手を掛けて、袱紗に包んだ五十両を持っていることにやっと気がついた。

「天下の御用金を不浄な場所に持って入るのも憚《はばか》られたので、商訓の額の後ろに隠したのだった。すっかり失念していた。私は何ということを……」

源兵衛は、徳次郎を呼んだ。徳次郎は、すぐにやって来た。

「旦那様、何かご用で」

「番頭さん、十五夜の日、離れで柳田様と碁を打ったが、その時五十両がなくなったろう」

「へえ」

「出ましたよ」

「ですから、出ましたから私が旦那様にお渡ししたんで……」

「そうじゃなく、よそから出たんです」

徳次郎は、五十両が額の裏から出て来た経緯を聞いて驚いた。

「旦那様、柳田様が五十両を持ち帰っていなかったということは分かりました。ですが、そういうことであれば、柳田様が持って来たあの五十両はいったいどのようにして工面したのでございましょう」

「長屋暮らしの身で、五十両という大金を用意するには、さぞかし大変なご苦労があったことだろうな。一刻も早く五十両をお返ししなければならないところだが、柳田様は、一体どこでどうなさっていることやら……」

五十両をお絹が工面したことを知っている弥吉は、苦しそうな顔で座り込んでいた。

源兵衛が、弥吉の異変に気づいた。

「弥吉、どうした」

「いえ、何でもございません」

「だが、真っ青な顔をしているぞ」

「そんなことはありません」

「それに、がたがた震えているではないか」

「震えてなんかおりません」

その言葉とは裏腹に、弥吉は青い顔で震えていた。

「弥吉、もしやお前は何か知っているのか」

「いいえ、私は何も存じ上げません」

弥吉は、白を切った。


両国の料理茶屋岩戸の座敷で、兵庫はまだ長考に沈んでいた。

格之進は、自分が勝ったことを自覚していた。

白の大石に迫る手を打った時、兵庫は手を抜いて地の大きい手を打った。

だが、手を抜いたことで、その大石は死んでいた。

兵庫が次の手を打たないのは、負けを知ったからだ。

控えの間で継ぎ盤を眺めていた呉服屋の若旦那が何かに思い当たった。

「ちょっと待って下さいよ」

若旦那が、継ぎ盤に石を並べていった。

「どうやったって死にやしませんって」

若旦那が打った数個の黒石が死んで、町人がそれを盤上から取り除いた。

石を取り除いたところに、若旦那が黒石を置いた。

見ていた者たちが思わず声を上げた。

「い、石の下だッ」

碁会の客たちは、格之進の勝利を知って襖を細く開けて対局室を覗き込んだ。

さっきまで勝っていると思っていた兵庫がじつは敗者であった。じっとしているものの、兵庫が狼狽を隠していることは明白に感じ取れた。

「往生際の悪いのは向こうだったか」

刻々と時が過ぎていった。

「まさか、このまま、打たねえつもりじゃねえだろうな」

対局室を覗き込んで、町人が囁くように言った。

兵庫と格之進は、盤を挟んで身じろぎもしなかった。

左門は、盤側で焦れていた。

長兵衛が、兵庫に声をかけた。

「どうぞ、お打ち下さい」

だが、兵庫は反応がなかった。

「柴田様」

と、長兵衛が促した。

「茶をもう一杯、所望したい」

「おう、誰か茶を持って来てくれ」

長兵衛の子分が、さっそく茶を用意して運んで来た。

「お待たせしました」

「かたじけない」

兵庫が白石を摘まんで盤面に打ち、茶碗に手を伸ばした。

ようやく打たれた着手に応じて、格之進の手が碁笥に伸びた。

その瞬間、兵庫が脇に置かれた杖を摑んだ。と同時に、仕込まれていた白刃をいきなり引き抜いて格之進に斬りかかった。

格之進は、咄嗟に身をかわした。

「親分」

と叫びながら子分たちが現れ、長兵衛を庇った。

客たちが騒然とした。

止めに入ろうとした左門だったが、丸腰では兵庫に立ち向かうことはできなかった。

刃をかわして畳に転がった格之進に、さらに仕込み杖が振り下ろされようとした。

格之進は碁石を摑んで兵庫に投げつけた。

顔に碁石を受けた兵庫だったが、なおも格之進に刃を向けた。

格之進は、碁盤を兵庫に向かって蹴った。

兵庫はなおも格之進に斬りかかろうとした。

「よさねえか、てめえ」

長兵衛の子分たちが、兵庫を押さえ付けた。

兵庫はそれを振り払い、子分たちにも斬りかかった。

長兵衛が、子分たちに叫んだ。

「おい、助けてやんな」

その声を受けた子分たちが、長脇差しを抜いて格之進の助けに入った。

「野郎、よしやがれ」

格之進を下がらせ、兵庫の前に立ち塞がった。

長兵衛は子分の一人に、預かった刀を持って来いと命じた。

兵庫は、子分たちを振り払い、格之進に迫った。

左門が格之進の身体を抱え、身を挺《てい》して守った。

斬りかかった子分が、悲鳴を上げて兵庫の刀に倒れた。

格之進は左門を振りほどき、兵庫に体当たりした。
その勢いで、格之進と兵庫は、障子を破って雪の庭に転がり出た。
兵庫が、刀を手に格之進に向かった。
左門は、子分の刀を拾って二人を追った。
逃げる格之進を、軽く足を引きずりながら兵庫がゆっくり追った。
子分たちが兵庫を止めようとしたが、それを振り払って格之進に迫った。
左門が、兵庫と子分たちの間に割って入った。
「柳田様」
格之進に振り下ろされた刃を、左門が刀で受けた。
その隙に格之進が逃れた。
子分から格之進の脇差しを受け取った長兵衛が格之進に叫んだ。
「旦那ッ」
そう叫んで、長兵衛が、格之進に向かって大きく刀を放り投げた。
格之進は、飛んで来た刀を摑みざま刃を抜いて兵庫の刃を受け止めた。
だが、続けざまに振り下ろされる刃を逃れて池に落ちてしまった。
格之進を追う兵庫も、岩に積もった雪を踏んだ足を滑らせて池に落ちた。

池に沈んだ格之進は、刀を逆手に持ち直した。
兵庫も立ち上がって、刀を振り上げた。
格之進は、水底に足を踏ん張って体勢を立て直した。
兵庫の刀が振り下ろされた。
それより一瞬早く、格之進が立ち上がりざま刀を振り上げた。
左門は、息を呑んだ。
うっと低い唸り声を洩らして池に崩れ落ちたのは兵庫だった。
刀を握った腕は、身体を離れて池に漂っていた。
戦いを眺めていた一同は、茫然と声も出なかった。
格之進は、荒い呼吸で池から上がった。
片腕の兵庫もよろよろと池から出た。
「頼みがある」
そう言って、兵庫は雪の上に正座した。
「腹を切りたいが、この身体ではできぬ。武士の情け、貴殿に介錯を願いたい」
格之進は、無言で頷いた。
諦観の浮かんだ穏やかな顔で瞑目し、兵庫が首を差し出した。

格之進は、刀を抜いて上段に構えた。

兵庫からは、狡猾さがすっかり消えていた。

格之進は裂帛《れっぱく》の気合いで脇差しを振り下ろし、兵庫の首を斬り落とした。

長兵衛と左門が、格之進の前にやって来た。

「ご無事で、ようござんした」

左門は、感極まった顔で格之進を見た。

「見事に本懐を遂げられましたな」

格之進は、刀の血を半紙で拭き取って鞘に収めた。

兵庫に斬られた長兵衛の子分は、傷に晒《さら》しを巻かれて手当を受けていた。かなりの深手を負った者もいたが命に別状はなさそうだった。

格之進は、長兵衛に礼を述べ、一つだけ聞きたいことがあると言った。

「この男から、何か預かり物はございませぬか」

長兵衛は子分に、兵庫の風呂敷包みを持って来させた。

格之進は、その風呂敷包みを受け取った。

「何でございますか、その預かり物は」

左門が、不思議そうに尋ねた。

格之進は、座敷で風呂敷包みを広げた。

それは、狩野探幽の軸であった。

左門が、驚いて軸を眺めた。それは、進物蔵から消えた探幽の軸に間違いなかった。

「とうに売り払ったなどと、真っ赤な嘘を抜け抜けと」

左門は、憎々しげに吐き捨てた。

「左門、桜田門上屋敷の殿に届けてくれ」

「はッ」

格之進は、探幽の軸を再び風呂敷で包んで左門に渡した。

二十一　四方木口

長兵衛の口利きで、柴田兵庫の亡骸《なきがら》は、横網町の寺に供養を頼むことになった。

格之進と左門は子分たちと一緒に、戸板に乗せた遺体を寺まで運んで住職に預けた。

「あとは、あっしどもに任して下せえ」

「かたじけない」

格之進が深々と頭を下げた時、浅草寺の鐘が鳴った。

悲痛な顔で浅草の方向を眺めた。浅草寺の奥がお絹がいる吉原であった。

格之進は、お絹のことを想って心を痛めた。

「柳田様……いかがなさいましたか」

「とうとう間に合わなかったか……」

「どうなされたのですか。何かわけでもおありなのですか」

苦渋に満ちた格之進は、左門に、お絹のことを打ち明けた。

話を聞いた左門は激憤した。

「そのような事情がおありなら、どうして早く打ち明けて下さらなかったのですか。旅の途中に聞かせて頂けておれば、五十両はそれがしが工面しておりました。いくら藩を出た身とはいえ、ずっと隠し続けていたというのはあまりにも他人行儀ではございませぬか」

左門は、珍しく感情を露わにした。

引け四つの拍子木が鳴り終われば、大門は閉じられる。門が閉じれば今年の吉原は終わる。だが、まだ間に合うかも知れない。

「ここから吉原は一里。五十両はともかく、見事に本懐を遂げられたことだけでも、お絹殿に伝えに参りましょう」

左門の言葉に、格之進は頷いた。

格之進と左門は、吉原に向かって走り出した。


二人は、雪が積もった両国橋を渡って右に折れた。幕府のお蔵の前を過ぎ、諏訪町から駒形堂、材木町を走り抜けて雷門に入った。仲見世を抜けた本堂の手前、仁王門をくぐり、北に向かって走った。土手通りに突き当たって左に進むと見返り柳が見えてきた。衣紋坂を下れば大門はすぐ先だ。

格之進と左門は、衣紋坂を下って必死に走った。

大門が見えて来たと思った時、拍子木が鳴った。

「大引けの時間でござーいッ」

その声とともに、門が動き始めた。

「待ってくれ」

と叫びながら、格之進と左門が門に向かって走ったが、非情にもそれより早く門は閉ざされてしまった。

「絹……」

固く閉ざされた大門を眺める格之進の全身から力が抜けていった。

その隣で左門は、雪に片膝をついて乱れた息を整えた。

格之進は茫然と大門の前に立ち尽くした。

諦めて踵を返そうとした格之進に、静寂を破ってさくさくと雪を踏む足音が聞こえて来た。見ると、衣紋坂からこちらに向かって走って来る人影があった。

それは弥吉だった。

源兵衛は弥吉の様子がおかしいので、何を隠しているのだと問い詰めた。

弥吉は、格之進が持参した五十両が、お絹が吉原に身を沈めてこしらえた金だということをどうしても言えなかった。

どうしていいか分からず混乱した弥吉は、源兵衛の前に置かれてあった五十両を摑んで、萬屋を飛び出した。一刻も早く、この金を吉原のお絹に届けなければならないと、そう思ったのだ。

大門に向かって走って来た弥吉は、格之進の姿を認めて、驚いて立ち止まった。

だが、再び走り始め、真っ直ぐ格之進の前に走って来た。

「柳田様、申し訳ございません」

格之進の前に滑り込むようにして、雪に手をついてそのまま土下座した。

「弥吉、どうしたというのだ」

「柳田様、どうかこれを」

弥吉は、格之進の前に五十両を置いて、金が出て来たいきさつを、泣きながら伝えた。

「そうか、やはり出て来たか……」

「私は柳田様に、あらぬ嫌疑をお掛けしてしまいました」

「弥吉、あの日の約定を、忘れてはおらんな」

弥吉は、恐怖にがくがくと震え始めた。

「忘れてはおらんな」

格之進は、厳しい声で繰り返した。

弥吉は、泣き顔で格之進を見上げた。

「はい。決して忘れてはおりません」

格之進と左門は、弥吉を連れて馬道の萬屋に向かった。

深夜、萬屋に到着して、弥吉は源兵衛に、格之進が来たことを伝えた。

源兵衛に命じられて、弥吉は、格之進と左門を離れに案内した。

格之進と左門は、離れで源兵衛を待った。

部屋の中には、中秋の名月の夜、格之進と源兵衛が碁を打った四方木口の碁盤が置かれてあった。

しばらくして、源兵衛と弥吉が離れにやって来た。

源兵衛は、格之進の前に座ると、神妙に頭を下げた。

「話はすべてこの弥吉から聞きました。お絹さんのこと、あまりのことに驚いております。何ともお詫びのしようもございません」

「それでは、覚悟は出来ておるのだろうな」

「覚悟、と仰いますと……」

「弥吉、お前はそれがしとの約定を源兵衛殿に伝えてはおらぬのか」

源兵衛は、訝しげに弥吉を見た。

「弥吉、約定というのは、どういうことですか」

「旦那様、申し訳ございません。もし、五十両が出て来たら、その時は私の首を差し上げると柳田様に申し上げました」

「お前は、まったく何ということを……」

「そればかりではございません。私は、旦那様の首も一緒に差し上げると約束してしまいました」

源兵衛は、驚愕のあまり声を失った。

「旦那様、申し訳ございませんッ」

驚く源兵衛の前で弥吉は平伏した。

いつの間にか、騒ぎを聞きつけた徳次郎や奉公人たちが起き出し、渡り廊下の向こうに集まってこちらの様子を気にしていた。

「二人とも、そこへ直れ」

その言葉に、弥吉は震え上がった。

源兵衛も、顔色を失った。

左門が、格之進に尋ねた。

「まさか本当に斬るつもりではございませんでしょうな」

「斬るッ」

「柳田様、そればかりはどうか思い留まられて下さい」

「いや、斬る。斬らねば、絹に相すまん」

様子を眺めている徳次郎と萬屋の奉公人たちが震え上がった。

「左門、刀を貸せ」

格之進の脇差しは、兵庫との立ち回りで刃こぼれして、使い物にならなくなっていた。

源兵衛と弥吉の首を斬るためには、左門の大刀が必要だった。

「しかし、柳田様……」

「これは、それがしと弥吉の男と男の約束なのだ。いいから寄越せ」

格之進が、渋る左門から大刀を受け取って腰に差した。

弥吉が、畳に手をついて格之進の前ににじり寄った。

「柳田様、私は首を差し出すと約束致しました。どうぞお斬り下さい。ですが、旦那様のことは、私が勝手に約束したことでございます。首を斬るのは、どうぞこの弥吉だけでご勘弁下さい」

格之進が、鯉口《こいぐち》を切った。

廊下からその様子を眺める徳次郎は、胸が痛んだ。元はといえば、自分が嫌疑を掛けたことが原因で二人は斬られようとしているのだ。申し訳ないと思ったが、恐怖に襲われてどうすることもできなかった。

「お待ち下さい」

ずっと口を噤んでいた源兵衛が、弥吉を押し退けて前に出た。

「この度のこと、私の落ち度が事の始まりでございます。責めを負わねばならないのは、この私でございます。弥吉の代わりにどうぞ私の首でお許し下さい」

「旦那様は、柳田様がこのようなことをするとはどうしても思えない、曲がったことをするようなお方ではないと申しておりました。どうか私の首でご勘弁を。柳田様、私の首をお討ち下さい」

「弥吉にはまだこの先がございます。もう私は人生に未練はございません。柳田様、どうか私を……」

「旦那様は、身寄りのない幼い私を引き取り、一人前の商人に育てて下さいました。旦那様を死なせるわけには参りません」

格之進は、刀の柄に手を掛けたまま動かなかった。

「柳田様、早く私をお打ち下さい」

「いえ、柳田様、弥吉だけはどうぞご勘弁を」

「もう良い。そこまで申すなら、約束通り両名の首を頂く。二人ともそこに直れ」

源兵衛と弥吉は、観念して首を差し出した。

徳次郎と奉公人たちは、一つに固まって、震えながら格之進の一挙一動を眺めていた。

「とおッ」

気合いとともに、格之進が、刀を抜いて一気に振り下ろした。

源兵衛と弥吉は、ぎゅっと目を瞑った。

あまりにも早い動きに、徳次郎や奉公人たちには刀が見えなかった。

格之進は、振り下ろした刃をくるりと回して、静かに鞘に収めた。

源兵衛は、自分の首を触ってみて驚いた。首は無事だ。隣を見ると、弥吉も自分の首を触って怪訝そうにしている。

「柳田様、お手元が狂われましたか」

源兵衛はそう言ったが、格之進はその言葉を無視して刀を左門に返すと、そのまま離れを出て行った。

刀を受け取った左門は、源兵衛と弥吉を眺めながら刀を腰に差し、微かな笑みを浮かべると格之進を追って無言で部屋を出て行った。

恐怖から解放された源兵衛と弥吉は、放心状態で座敷に座ったまま動けなかった。

その背後で、四方木口の碁盤が割れた。載っていた碁笥が転がり落ち、ザッと碁石が畳に散らばった。

物音に驚いた源兵衛と弥吉は、振り向いて碁盤を眺めた。

四方木口の分厚い碁盤は、格之進の刃に斬られ、真っ二つに割れて畳の上に転がっていた。

二十二　一陽来復

一陽来復、新玉の春を迎えた。

半蔵松葉の表には正月の松飾りが置かれていた。

門松は、戸口から外に向けて置かれるのが普通だ。しかし吉原では、反対に店に向けて小路の真ん中に置かれることになっていた。向かいの店でも門松を置くから、小路の真ん中には背中合わせの門松が置かれることになる。そういう門松は、背中合わせの松飾りと呼ばれた。

正月の支度部屋は賑やかだった。それも当然だった。吉原の休みは一年でお盆と正月のたった二日だけ。皆、この日が来るのを待ちわびながら働いてきたのだ。遊女たちは用意されたおせち料理でお雑煮《ぞうに》を食べ、若い衆や下男たちが振る舞われた酒を酌み交わし、部屋には笑い声が絶えなかった。

そんな中、一人お絹だけは陰鬱だった。吉原に身を沈める決意をしたものの、お庚から、格之進が暮れまでに五十両を持って来るまで身体を預かるだけなのだからと言われて淡い望みを抱き続けていた。だが、格之進は現れなかった。

五十両ができなくて姿を見せないというならまだ良いが、柴田兵庫の返り討ちに遭って身罷ってしまったのではないかという不安が湧き上がり、お絹の気持ちを押し潰した。

正月の屠蘇《とそ》で酔った桔梗が、燗徳利と杯を持ってお絹の横に座った。

「元気をお出しよ。一年の計は元旦にありっていうじゃないか。そんな辛気くさい顔をしていると一年が台無しだよ」

お絹はぎこちない作り笑顔を返した。

そこに、下男がやって来た。

「お絹さん、女将さんが呼んでおります」

いよいよ来たかと、お絹は覚悟を決めて腰を上げた。

奥座敷に入ったお絹は、長火鉢のお庚の向かいに座った。

お絹が、お庚の前で頭を下げた。

「お庚さん、年が明けました。私は約束通り店に出ます」

「いいんだよ、そんなことは」

「もう覚悟はできています」

「お絹ちゃんを呼んだのは、一緒におせちを食べたかったからなんだよ」

お庚が部屋の外に声をかけると、禿がお膳を運んで来た。お庚とお絹の前にお膳が置かれた。お庚のお膳には、燗徳利が一本ついていた。

「さあ、お上がり」

お絹に勧められてきんとんに箸をつけた。長屋暮らしの頃は、こんな豪華なおせちは食べられなかった。しかし、気持ちが重くて味はしなかった。

「失礼します」

と声がして、妓夫太郎が現れ、廊下で腰をかがめて座った。

「柳田様がお見えになりました」

お絹は、驚いてお庚を見た。お庚は、優しく笑って手にした杯を飲み干した。

お庚と一緒に、お絹は気もそぞろに玄関に向かった。

入口を入った土間に、格之進が左門と一緒に立っていた。

「父上……」

お絹は、格之進に駆け寄り、上がり框に正座した。

その隣に、お庚も座った。

「お絹殿。父上は、柴田兵庫を倒し、見事本懐を遂げられましたぞ」

左門の言葉に、お絹は瞳を潤ませた。

格之進は、上がり框に組合の封をしたままの五十両を置いた。

「それがしの濡れ衣も晴れました。用立てて頂いた五十両はお返しします」

「そうですか、それはようございました」

「申し訳ない、約束の期限に間に合わず……」

「期限……はて、何のことでしょう」

お庚が、とぼけて言った。

お絹の父がやって来たという話を聞いて、桔梗も様子を見に来た。

「毎日お稲荷さんにお詣りした甲斐があったよ」

「はい。御利益がありました」

「九郎助稲荷に、しっかりお礼参りしておくよ」

桔梗は、珍しく笑顔を見せた。

「お絹ちゃん、父上がお迎えに見えたんですよ。さ、帰る支度をしなきゃ」

「でも、帰ると言っても、帰る家が……」

格之進は、源兵衛が店賃を払い続けていて家財道具もそのままだから、いつでも帰れるようになっていると伝えた。

「そういうことなら、さあ、さっさと支度をおし」

お絹は、こぼれ落ちそうな涙を怺えてお庚に頭を下げた。

格之進と左門は、半蔵松葉の一室でお絹の帰り支度が終わるのを待った。

左門は、改めて格之進の藩への帰参を願った。

しかし、格之進はどうしても首を縦に振らなかった。

「これほどお願い申し上げても、藩にお戻りになって頂けないのですか」

「浪々の身は気軽で、これはこれでなかなか悪くない」

格之進の気持ちを知って、左門は肩を落とした。

「すまん」

「いえ。どうしてもということであれば致し方ありません」

左門は、茶を飲み干して腰を上げた。

「それでは、それがしはここで……」

左門は、探幽の軸を殿に届け、柴田兵庫を討ったことを伝えるため、桜田門の上屋敷に向かうことにした。

左門が、格之進に頭を下げて部屋を出て行った。

じっと何かを考えていた格之進は、すっと立ち上がると、左門を追って部屋を出て行った。


江戸町二丁目の小路を出て仲の町を右に曲がった左門を、格之進が追いかけて来た。

「左門、話がある」

立ち止まった左門が振り向いて格之進を見た。

「柳田様、どうなさいました」

「その探幽の軸、それがしにくれぬか」

「御冗談を。柳田様と言えども、お渡しすることはできません。それがしは殿の命でこの軸を探し続けておりました」

「そんなことは、分かっておる」

「殿に背《そむ》けと仰るのですか」

「金が欲しい」

およそ高潔な格之進が吐くような言葉ではなかった。

左門は、信じられぬというように格之進を見た。

「お気は確かでございますか」

「正気だ」

柴田兵庫ではあるまいし、藩の大切な品物を我が物にしようとするとはどういうことなのだろうか……。左門は、格之進の真意を測りかねて困惑した。

「兵庫は、藩を追われた者たちのために、その軸を売ったと申していた」

「ただの方便でございます。現に探幽の軸はこうしてここに」

「だが、その言葉を聞いた時、それがしは嬉しかった。兵庫がそうしてくれていたならありがたいと思ったのだ」

左門は、格之進の表情を窺った。格之進の澄んだ目には、些《いささ》かも邪心はなかった。

やっと左門は理解した。格之進は、この軸を売って、自分の直訴によって藩を追われて苦労している者たちの窮状を救おうとしているのだ。

「左門、頼む。この通りだ」

左門は、呑み込んだ。

「この軸、それがしは見なかったことに致します」

そう言って、左門が軸の風呂敷包みを格之進に渡した。

「左門、達者でな」

「柳田様も、どうかお身体にお気を付けて。それでは……」

会釈をした左門は、仲の町を大門に向かって歩き去った。


お絹の帰り支度が終わった。

格之進とお絹は、お庚と桔梗の見送りで半蔵松葉を後にした。

八兵衛長屋に向かう途中、お絹は吾妻橋に立ち寄った。元日で人通りはほとんどなかった。久し振りに、橋の中央に来たお絹は、風呂敷包みを置き、欄干に手を置いて富士を眺めた。

風は冷たかったが、空は澄んでいた。遠くに富士が見えた。

「ここから眺める富士のお山が好きなのです」

お絹は、時々ここから富士を眺め、その向こうの遥か先にある彦根と母のことを想っていたのだと格之進に打ち明けた。

「父上、いつか私を、彦根に連れて行って下さい」

そう言って、お絹は、富士の山に手を合わせた。

お絹の横に立った格之進も、一緒に手を合わせ、兵庫を討って無念を晴らしたことを志乃に報告した。


格之進とお絹は、久し振りに阿部川町の八兵衛長屋に戻った。

木戸に向かうと、何やら長屋の中が騒がしかった。

格之進とお絹は、怪訝に想いながら裏長屋に入った。

井戸端に、秀、留吉、お時など、長屋の連中が集まっていた。

何をしているのだろうと思う間もなく、皆が格之進とお絹に駆け寄った。

「皆さん、どうなさったのですか」

「明けましておめでとうございます」

「柳田様、ご無事でようございました」

「お絹ちゃんもお帰り」

住人たちは、口々に格之進とお絹に声をかけて、八兵衛長屋に帰って来てくれたことを喜んだ。

格之進は、皆がどうして帰って来ることを知っているのか不思議に思った。戸を開けて、その理由が分かった。家の中には徳次郎がいた。長屋の面々は、徳次郎から、格之進とお絹が帰って来ることを聞かされていたのだ。

座敷には、酒樽と料理が置かれてあった。

「旦那様から、正月の祝いの品を持って行くよう言い付かりました。元日で店は閉まっておりますので、萬屋で買い置きしてある酒とあり合わせの料理でございますが、どうぞお納め下さい」

「それはかたじけない。番頭さんが直々に届けてくれたとは恐縮です」

「実は、申し上げなければならないことがございまして……」

「それは、どういうことでしょう」

「柳田様が五十両を持ち帰ったのではないかと疑ったのは、この私でございます。旦那様も弥吉も、柳田様のことは、微塵《みじん》も疑ってはおりませんでした。嫌がる弥吉に、金が出てこなければお奉行様に訴えなければならない、だから掛け合いに行くようにと、私が無理に言いつけたのです」

徳次郎は、あらぬ嫌疑をかけた非は全て自分にあることを伝えた。

店では奉公人たちが正月の祝いをしていたが、弥吉は部屋に閉じこもったまま出て来ようとしなかった。弥吉は、格之進とお絹を心の底から慕っていたが、もう会うことはできないとはかなんでいた。

「弥吉は、清らかな心の真っ正直な男でございます。どうか、それだけは信じて上げて頂きたいのです」

「分かりました」

格之進の言葉を聞いて、徳次郎は、ホッとしたような顔で一礼して表に出て行った。

戸口から長屋の連中が、格之進を窺っていた。徳次郎が持って来た酒と料理が目当てで、二人の帰りを首を長くして待っていたのだ。

「それでは皆さん、さっそくですが始めましょう」

格之進が言うと、秀と留吉が手を叩いて喜んだ。

「いよッ、待ってました」

「こいつァ春から縁起がいいやい」

「萬屋さんのご厚意です。皆さん、遠慮なくやって下さい」

秀と留吉は既に、燗をつけるお湯をお時に沸かさせていた。気がつくと、格之進の家の前には、床机が並べられてあった。何とも用意周到である。

さっそく宴会になった。食べて飲み、酔うほどに座は賑やかになった。

お鈴がやって来て三味線を弾き始めると、座は一気に盛り上がった。

秀がかっぽれを踊り、留吉は歌舞伎役者の声色でやんやの喝采を浴びた。

宴もたけなわになった。

しかし、お絹は、ひとり浮かぬ様子だった。徳次郎から弥吉のことを聞かされ、心配になっていたからだ。

浮かぬ心で長屋の面々に酒を振る舞っていたお絹は、お時に袖を引かれた。

「お絹ちゃん、ほら……」

お時が目配せする方向を眺めると、井戸の向こうに、弥吉が立っていた。

弥吉の姿を見るのは、酉の市の夜、土手通りで出くわして以来だった。

お絹は、弥吉に向かった。

「弥吉さん、どうしたのですか」

「柳田様のこと、心からお詫びします。許してくれと言ったところで許されるものではないことは存じております。ですが、どうしてもひと言、お絹さんにお詫びしなければならないと思いまして……それから、これをお返しします」

弥吉は、お絹に小さな紙包みを渡した。

お絹が広げてみると、中には自分が使っていた針が入っていた。

「どうしてこの針を弥吉さんが……」

弥吉は、店賃を払いに来た時に畳の上で見つけたのだと言った。

「どうして、この針を持ち帰ったのですか」

「……時々、取り出して眺めておりました。眺めては、お絹さんのことを想い出しておりました。想い出しては、なんと申し訳ないことをしてしまったのだろうと、自分を責めておりました……」

弥吉は、辛そうに声を絞り出した。

「酉の市の夜、見返り柳の近くで私はお絹さんに、二度と現れるなと言われました。今度こそ、もう二度と現れません」

弥吉は、頭を下げて木戸を出て行った。

お絹は、切なげに弥吉の後ろ姿を眺め続けた。

その様子を秀や留吉と杯を交わす格之進が眺めていた。遠目にも、お絹の心情は手に取るように分かった。

酒と料理が空になり、宴会がお開きになった。

後片付けが終わった部屋で二人だけになってから、格之進はお絹の気持ちを確かめた。

「弥吉と一緒になったらどうかと思うのだが、絹の気持ちを聞かせてくれないか」

いきなり言われて、お絹は、どぎまぎした。たちまち顔が真っ赤になって、恥ずかしそうに顔を伏せた。

「絹、どうだろう。弥吉と一緒になってくれぬか」

お絹は、俯《うつむ》いたまま、消え入るような声で言った。

「よろしゅうございます」

その声に、格之進は満足そうに頷いた。

松の内が終わった睦月八日、格之進は萬屋を訪ね、お絹と弥吉の縁談を相談した。

格之進から話を聞いて、源兵衛は心が躍った。源兵衛もまた弥吉に所帯を持たせてやりたいと思っていた。弥吉がお絹に想いを寄せていることは手に取るように分かっていた。格之進がそうしたいということであれば願ったり叶ったりだった。

話はとんとん拍子に進んだ。善は急げということで、来月に祝言を挙げさせようということで話はまとまった。

如月吉日、弥吉とお絹は祝言を挙げた。

座敷で待つ格之進の前にお絹が現れた。白無垢《しろむく》のお絹は、見紛うばかりの美しさだった。その姿は、母親の志乃に生き写しだった。

お絹を見る格之進は、自分と志乃の祝言を思い出した。心の奥から熱いものがこみ上げてきた。

お絹は格之進の向かいに座り、両の手のひらを一つに合わせるようにして畳に手を突き、そしてゆっくり頭を下げた。

「今日まで絹を育てて下さり、誠にありがとうございました」

「江戸に出て来てから、お前を高麗鼠《こまねずみ》のように働かせてばかりだった。苦労ばかりかけてしまったな」

お絹は、顔を上げ、凜とした目で格之進を見た。

「いいえ。絹は、父上と一緒に暮らし、今日の今日までずっと幸せでございました」

「これからは弥吉と一緒に、今までの分も、いや、母上の分までも幸せに暮らすのだぞ」

「はいッ」

お絹の瞳から、一筋の涙が頬を伝って流れ落ちた。

そこに源兵衛、弥吉、徳次郎がやって来てそれぞれ自分の席に着いた。

新婦側の客はお庚だけという、ごく内輪の祝言だった。

「高砂《たかさご》や、この浦舟に帆を上げて、月もろ共に出汐《いでしお》の、波の淡路の島影や……」

源兵衛が高砂を謡《うた》うと、座敷は厳粛な雰囲気に包まれた。

開け放たれた障子の外には、うららかな陽を浴びた庭があった。

梅の蕾は綻び始めていた。

祝言が終わって、奉公人たちにも祝いの酒が振る舞われた。

格之進は、話があるという源兵衛に誘われて離れに入った。

「柳田様。差し出がましいようですが、この離れに住まわれてはいかがでしょうか」

弥吉とお絹は、萬屋の近くの長屋に新居を構えることになっていた。

今日から格之進は、一人暮らしであった。

「ここなら、食事も身の回りの世話をする者もおります」

「折角のご好意ですが、そこまで甘えるわけには参りません」

「やはり柳田様は、まだ私をお許しになっておられないのですか」

「いや、そうではない」

「ならばよろしいではございませんか」

「それがしは旅に出ます」

「それでは旅から戻られたら」

「長旅になります」

「お戻りはいつでございますか」

「さあ……半年になるか一年になるか……もしかすると、そのまま戻らぬかも知れません」

「で、旅というのは、どちらに」

「彦根で妻の墓に参り、播州から四国の讃岐に向かいます。そこから奥能登まで足を伸ばすつもりです」

「それはまたずいぶんな長旅でございますな。それで、ご出立はいつ……」

「支度が調い次第、すぐ……」

「そうでございますか……」

源兵衛は、やんわり拒絶されたようで寂しかった。

「柳田様。私は、もうじき弥吉に家督を譲り、隠居することに致しました」

「家督を譲るにはまだ早過ぎます」

「いえ、番頭の徳次郎が弥吉を支えます。徳次郎も、かねてよりそのつもりです。何の不安もございません」

格之進は、安心したように頷いた。そして、床の間の隅に、碁盤があるのに気づいた。それは格之進に斬られて真っ二つに割れた四方木口の碁盤だった。

格之進は、床の間に行き、碁盤の前にしゃがみ込んだ。

「この碁盤には、気の毒なことをしてしまいました。四方木口は縁起のいい碁盤のはずでしたが……」

「いえ、やはり縁起のいい碁盤です。私と弥吉の身代わりになって命を救ってくれたのですから」

「確かに」

源兵衛は、割れた碁盤をしみじみ眺めた。

「これから、一番いかがですか。ぜひ、お願い致します」

格之進は、無言で微笑んだ。

「それでは、今、碁盤を用意します」

源兵衛は、嬉々として離れを出て行った。

奥座敷に入って来た源兵衛は、酔っ払って上機嫌の乙松に声をかけた。

「乙松、ここにあった碁盤はどうしました」

「しばらく使っていなかったので、隣の部屋の押し入れにしまっておきました。

今、取って参ります」

乙松が隣の部屋に向かおうとしたが、酔っ払っていて足がもつれてしまった。

「私が行きますからお前は座っていなさい」

源兵衛は、隣の部屋の押し入れから碁盤を取り出し、両手で抱えて離れに向かった。

いそいそと渡り廊下を進んで離れの部屋に入ったが、そこに格之進の姿はなかった。

「柳田様……」

源兵衛は、碁盤を置き、障子を開けて庭を見渡した。

「柳田様……柳田様……」

何度呼んでも返事はなかった。

源兵衛は、慌ただしく家の中を探してみた。厠から物置までくまなく調べてみたが、どこにも格之進の姿はなかった。

それっきり、格之進の姿は消えた。

源兵衛は、対局を断られ、格之進に捨てられてしまったような寂しさに襲われた。

二十三　長旅

格之進は、備州下津井《しもつい》から、四国の多度津《たどつ》に向かう船に乗った。

船は金刀比羅宮への参拝客で、身動きが取れないくらい混み合っていた。

二か月前、お絹と弥吉の祝言を終え、格之進は、狩野探幽の軸を三百両で売り払い、その金を持って長い旅に出た。

東海道を歩き、故郷の彦根で妻が眠る柳田家代々の墓に参った。

そこから、寺坂清右衛門の妻に会うために奥能登に向かった。藩を追われた清右衛門は、遠縁を頼って奥能登で暮らし始めた。しかし、病に倒れてすぐにこの世を去った。遺された妻は、我が子を育てるために和蠟燭《ろうそく》を造る仕事に就《つ》いて細々と暮らしていた。

清右衛門の妻はなかなか会おうとしなかった。今の不幸があるのは格之進のせいだと恨んでいたからだ。

しかし、何度も足を運んでやっと会うことができた。格之進は、頭を下げて五十両を受け取ってもらった。

奥能登の用事を終えた格之進は、播州に向かい今村正右衛門の元に向かった。正右衛門は赤穂《あこう》の寺子屋で子どもたちに読み書きを教えていた。しかし、それだけでは食えず、妻は親戚の塩田で汗を流して働いていた。

正右衛門は格之進に対する恨みを抱いてはいなかった。兵庫にそそのかされ、半ば強制的に不正に加担させられ、自分でも罪の意識に悩んでいた。だから、処罰は自業自得だと納得していた。恨むどころか、格之進の謹厳実直な生き方に畏敬の念を抱き、その後兵庫の讒言によって藩を追われたことを申し訳なく思っていた。

格之進は窮状を切り抜けるための金を渡そうとしたが、正右衛門は受け取ろうとしなかった。それでは盗人に追い銭になってしまうと頑なな正右衛門に、格之進は無理矢理五十両を押しつけて赤穂を後にした。

こうして、赤穂を出た格之進は、西国街道を西に向かい、下津井からこの船に乗ったのだった。

次に訪ねるのは、讃岐で商いをしているという安井新八郎だった。

果たして、新八郎はどんな暮らしをしているだろう。慣れない商いで、苦労しているのではないだろうか……。

穏やかな瀬戸内の海に浮かぶ小島を眺めながら、格之進はそんなことを想った。

白い帆が大きく風をはらみ、船は瀬戸内の風光明媚な小島を縫うようにして軽快に進んだ。

突然の出来事だった。

源兵衛が、忽然《こつぜん》と姿を消した。

朝起きると寝所はもぬけの空になっていた。屋敷のどこにもいなかったので、徳次郎と弥吉は、八方手を尽くして取引先や立ち回りそうなところを当たってみた。

しかし、源兵衛の行方は杳として知れなかった。

どうやら宵のうちに出立したようであった。

茫然とする弥吉は、奥座敷の文箱に書き置きが遺されているのを見つけた。

弥吉は、長火鉢の前に座って、それを読んだ。

「一筆、書き残し置き候。この度、私の不手際より失い難きもの失いしこと、悔やみても悔やみきれず候。それは店にあらず、富にもあらず、ただ友なり。人としての信を失い、最愛の友を失い、いかようにも償う術もなく……」

弥吉の横から、徳次郎が手紙を覗き込んだ。

「さすれば、萬屋は弥吉夫婦に譲り、私は初心に立ち戻り、今一度信の一字を取り戻したく存じ候。一身の我がまま、お聞き分け下さりたく願い申し上げ候。萬屋源兵衛……」

源兵衛は、格之進が旅に出たまま戻らないことを気にしていた。格之進という友を失ったことを悔い、新たな思いで生きてゆくことにしたのだ。

弥吉が、溜息をついた。

「旦那様は、柳田様がいつまでも怒っていると、そこまで苦にされていたのだな」

「でも、父上はもう許しておりました」

「それじゃあ、旦那様は、どうして……」

「源兵衛さんは、自分が許せなかったのではないでしょうか」

「だからといって、何も言わず突然姿を消してしまうなんて……」

弥吉とお絹のやり取りを聞いていた徳次郎が、口を開いた。

「ひと月ほど前から、旦那様は、帳面を洗い直して綺麗にしていただろう」

「はい。そうでございました」

「今にして思えば、あれはお前に店を譲るためだったのだ」

「まさか……」

「弥吉。私は旦那様から、ゆくゆくはお前に店を継がせるから、その時は番頭として萬屋を支えるようにと言いつかっていたのだ」

弥吉は、驚いて徳次郎を見た。

「私も聞いたことがあります。去年の両国の川開きの時、納涼船の上で源兵衛さんが言っておりました。いずれは跡継ぎにするつもりで、番頭さんにもそのように言い含めていると……」

「弥吉、萬屋の看板を背負う覚悟はあるのか」

弥吉は、源兵衛が遺した文に目を落として考え込んだ。

それから、真っ直ぐな目で徳次郎を見た。

「力不足かも知れませんが、絹と二人でこの萬屋をきっと守ってみせます」

その言葉を聞いて、徳次郎が居住まいを正して弥吉に向き合った。

「不肖徳次郎、これからは精一杯旦那様を支えて働かせて頂きます」

「番頭さん、旦那様というのは、ちょっと……」

「いいえ。今の今から、弥吉が旦那様です」

その言葉に弥吉が戸惑った。

「旦那様」

お絹が、弥吉をからかった。

弥吉が困ったような顔をして、徳次郎とお絹が笑った。

讃岐で格之進は、元彦根藩士の安井新八郎と会った。膝を交えて話をし、互いの胸の裡《うち》を打ち明けて、今までのことは水に流そうということになった。

その他の者たちとも会い、すべての金を渡し終えた時には、一年近くの月日が流れていた。

格之進が江戸に戻ったのは、源兵衛が萬屋を出たすぐ後だった。

遺された書き置きを見せられて格之進は悲嘆した。源兵衛は友を失ったことを嘆いているようであったが、もちろん格之進にはそのつもりはなかった。四方木口の碁盤を斬ったことでけりをつけたつもりだった。

旅先から手紙の一本でも出しておけば、源兵衛の誤解は解けていたかも知れなかった。

格之進は、源兵衛に申し訳ないことをしてしまったと後悔した。

二十四　十年後

翌年、弥吉とお絹の間に子どもが生まれた。男の子であった。徳次郎は、跡継ぎができてこれで萬屋も安泰だと喜んだ。

お庚は、半蔵松葉で狐男に捕まってしまったから子どもができたんだね、と冗談交じりに言い、息子を我が子のように可愛がった。

弥吉は番頭の徳次郎に支えられて、萬屋の看板を守り続けた。三十を越えて、大店の主としての風格もすっかり身についていた。

弥吉とお絹の夫婦仲も良く、商いは順風満帆であった。

格之進は、相変わらず、書や篆刻の注文を受けながら、九尺二間の裏長屋で暮らしていた。

弥吉は、こちらで用意するからもっと広い家に移ってくれと申し出たが、頑として八兵衛長屋から動こうとしなかった。

格之進は、大工の秀や左官の留吉と一緒に、田原町の上総屋で二合半の居酒を楽しんでいるほうが気楽だった。

お絹の子はすくすくと育ち、書と算術を能《よ》くする少年に成長した。格之進が読み書きを、弥吉が算盤を教えたので、寺子屋でも群を抜いた秀才として一目置かれるようになった。

その子が八歳になった初夏、お絹は我が子を連れて彦根に行きたいと思うようになった。母の墓参りをしたかったのだ。

弥吉はお絹の気持ちを汲《く》んで、格之進に彦根に里帰りさせてやってくれと頼んだ。

「久し振りの彦根なのですから、どうせなら墓参りが終わってからもしばらくゆっくりして来て下さい」

旅の支度を終えた格之進と子どもを連れたお絹は、弥吉と徳次郎の見送りで萬屋を出発した。

弥吉とお絹が祝言を挙げてから、十年の月日が流れていた。

東海道を進む三人は、最大の難所箱根八里に差しかかった。

「道中は長い。しっかり歩くのだぞ」

「はい」

まだ少年であったが、お絹の子は険しい坂道を能く歩いて箱根を越えた。

江戸から二十二番目の藤枝宿《ふじえだ》に着いたのは江戸を出て六日目の夕方であった。旅籠に泊まり、翌朝藤枝を出立した。宿を出てから、空が怪しくなった。雨雲が出てきたと思う間もなく雨が落ちてきた。

雨脚は徐々に強くなった。格之進は悪い予感に襲われながら街道を急いだ。

島田宿に着いた頃には、雨はざあざあ降りになっていた。

悪い予感は当たった。大井川は川止めになっていた。

もう三日目の川止めということで、旅籠はどこもいっぱいだった。

宿場町の旅籠や木賃宿を回ってみたが、どこでも門前払いだった。

廊下まで川開きを待つ旅人が溢れていて、とても泊まれるような状態ではなかった。

お勝手でも蒲団部屋でも構わないと頼んでみたが、そこも既にいっぱいの客が占めていた。

格之進は、お絹と息子と一緒に軒先で雨宿りして、恨めしそうに驟雨を眺めた。

藤枝宿まで戻ろうかと思ったが、この雨では無理だった。

そこを、井筒《いづつ》屋という屋号が入った番傘を差した男が通りかかった。

「どうなされました。何かお困りですか」

尋ねられて、格之進は事情を説明した。

「それはお困りですね。よろしゅうございます。何とかならないか、ちょっと聞いて参ります」

「それは、本当でございますか」

「はい。少々、ここでお待ちを」

番傘の男は、通りの向こうにある旅籠に入って行った。旅籠の看板には井筒屋と書かれてあった。どうやら、その旅籠で働いている者のようであった。

しばらくすると、その男が傘を手にして戻って来た。

「宿ではありませんが、お泊まりして頂くことはできますので」

男は、番傘を渡して、旅籠に案内した。

井筒屋の裏木戸から入った格之進たちは、廊下を進んだ先の離れに案内された。

そこは、立派な座敷だった。

部屋を見渡したお絹が目を瞠った。

「見ず知らずの私どもに、かような立派なお部屋を……」

「どうぞ、ごゆるりと」

お絹が、あわてて小粒を半紙にくるんだ。

「これは、甚だ些少ですが」

お絹は、男に金を渡そうとした。

「そういうつもりではございません」

「でも……」

「お気遣いなく。主人からは常々、欲得ずくは商い限り、あとのことは全てご奉仕と心がけよと言われております」

その言葉を聞いた格之進は、何か心に引っかかるものを感じた。

「すぐに主人がご挨拶に参ります。それまで、どうぞお楽に……」

そう言って男が離れを出て行った。

三人は、ようやく腰を落ち着けてほっとした。

格之進は、先程の男の言葉が気になっていた。

「欲得ずくは商い限り……」

そう呟いた格之進は、欄間に掲げられた額を見て息を呑んだ。

「捨小就大」という額の文字は、格之進の書であった。

辺りを見渡すと、床の間に碁盤が置かれてあった。

その碁盤を眺めた格之進の表情が変わった。

格之進は、床の間の碁盤を間近に見た。それは、格之進が真っ二つに斬り捨てた四方木口の碁盤であった。碁盤は膠《にかわ》と楔《くさび》で丁寧に繋ぎ止めてあり、ピカピカに磨き上げられていた。

お絹は、格之進の様子を怪訝そうに眺めた。

「父上、どうなされたのですか」

慈しむように碁盤を眺める格之進の胸の奥から、万感の思いが湧き上がってきた。

「ごめんくださいまし。この家の主人でございます。お邪魔とは存じますが、ひと言ご挨拶にまかり越しました」

戸が開いて、廊下に平伏していた主人が顔を上げた。

果たしてその主人は、源兵衛であった。

お絹は、茫然として声も出なかった。

源兵衛も、格之進とお絹の姿を見て仰天していた。

「長い間、ご無沙汰しておりました」

源兵衛が、再び頭を下げた。

「源兵衛さん」

やっとお絹が声を発した。

「弥吉は達者でやっておりますか」

「番頭さんのお陰で、弥吉さんはもう立派な萬屋の主人です」

源兵衛が、お絹の脇にいる少年を眺めた。

「もしや、そのお子は、弥吉とお絹さんの……」

「はい。萬屋の跡継ぎでございます」

源兵衛は、目を細めて子どもの顔を見た。

「涼やかな目元はお絹さんだが、口元は弥吉に似ています。利発そうな顔立ちはきっと柳田様譲りですな」

源兵衛は、お絹の息子に尋ねた。

「あなたの、お名は」

「源兵衛と申します」

少年の言葉に、源兵衛は胸を打たれた。

お絹は、格之進がどうしてもと言い張ってつけた名前だと伝えた。源兵衛がいなくなってから授かった子どもだから、きっと神様が代わりとして萬屋に使わしてくれたのだろうということでこの名前にしたのだ。

源兵衛は、感極まった。

格之進は、これほどの旅籠にするまで、さぞかし苦労があったのではないかと尋ねた。

この旅籠は、源兵衛の生家だった。兄が死に、子がなかったので、源兵衛が後を継いで、小さな旅籠をここまで大きくしたのだった。

「商いがうまくいったのも、この碁盤のお陰でございます」

源兵衛は、しみじみと碁盤を眺めた。

「毎日この碁盤を眺めて自分を戒め、好きな碁もすっぱり絶って、生まれ変わったつもりで一から商いに励みました。私の今があるのはそのお陰でございます」

「それでは、源兵衛さんはあれから碁を打っておられないのですか」

「はい、一度も」

「それがしも、あれが最後の碁でした」

格之進は、申し訳なさそうに、自分が斬った碁盤を眺めた。

「立派な碁盤でしたが、気の毒なことをしてしまいました」

「まさか、打ち初《ぞ》めが打ち納《おさ》めになってしまうとは」

慈しむように、源兵衛は碁盤の継ぎ目を撫でた。

「そういえば、柳田様との最後の碁は打ち掛けのままでございましたな」

「ええ」

源兵衛がぽんと膝を叩いた。

「どうでございましょう。これからあの時の決着をつけませぬか」

格之進が同意して、さっそく二人は碁盤を囲んだ。十年振りに持つ石であった。

二人は、言葉も交わさず、ひたすらに碁に没頭した。

乾いた砂に水が染みこむように、碁の悦びが全身に広がっていった。

碁の面白さを嚙みしめるように、時間を掛けてゆっくり打ち進めた。

外から鳥の囀《さえず》りが聞こえて来た。気がつくと、いつの間にか雨の音は止んでいた。

お絹は、障子を開けて外を眺めた。雨はすっかり上がっていた。

「父上、雨が上がりました」

囲碁に没頭している格之進は返事をしなかった。

「源兵衛さん、この分では、明日には川止めも解けますね」

盤面を睨む源兵衛からも返事はない。
お絹は、囲碁に夢中な二人を見て呆れたように笑った。
格之進と源兵衛は、無心で碁盤を眺め続けた。
お絹は、再び空を見上げた。
空を覆う雲の晴れ間から陽が差し込んでいた。
その陽を反射して、大井川の川面が眩しく煌めいていた。

この作品は文春文庫のために書き下ろされたものです。
DTP制作　エヴリ・シンク

文春文庫

碁《ご》盤《ばん》斬《ぎ》り
柳田《やなぎだ》格之進《かくのしん》異聞《いぶん》

定価はカバーに
表示してあります

2024年3月10日　第1刷

著　者　加《か》藤《とう》正《まさ》人《と》
発行者　大沼貴之
発行所　株式会社 文藝春秋

東京都千代田区紀尾井町 3-23　〒102-8008
TEL　03・3265・1211㈹
文藝春秋ホームページ　http://www.bunshun.co.jp

落丁、乱丁本は、お手数ですが小社製作部宛お送り下さい。送料小社負担でお取替致します。

印刷製本・TOPPAN
Printed in Japan
ISBN978-4-16-792184-2